U0124514

# 清代伊索寓言漢譯三種

寓言

顏瑞芳 編著

# 意拾喻言

# ESOP'S FABLES

WRITTEN IN CHINESE BY THE LEARNED

**MUN MOOY SEEN-SHANG,**

AND COMPILED IN THEIR PRESENT FORM

**(With a free and a literal translation)**

BY HIS PUPIL

**SLOTH.**

孤 掌 難 鳴

It is difficult for a *single* palm of the hand to emit a sound.

CHINESE CLASSIC SAYING.

五 湖 四 海 皆 兄 弟
人 生 何 處 不 相 逢

Those of the Five Lakes and those of the Four Seas (Chinese and Foreigners) are all BRETHREN!
Where may not members of the family of MAN meet by accident together?

CHINESE PROVERB.

Alas! poor Caledonia's mountaineer!
That want's stern edict e'er, and feudal grief,
Had forced him from a home he loved so dear!

CAMPBELL.

. . . .
. . . .

Land of my Sires! what mortal hand!
Can e'er untie the filial band,
That knits me to thy rugged strand?

SCOTT.

PRINTED AT THE CANTON PRESS OFFICE,

1840.



圖一：《意拾喻言》封面

## TABLE OF CONTENTS.



圖二：《意拾喻言》目次（部分），其中第31則重覆編號。

**PREFATORY DISCOURSE.**

I have composed this little work, with no intention to attract men's praises for the beauty of my composition; for alas! my fellow-countrymen of England, as well as those of all other Foreign countries whatever—who feel anxious to thread the mazes of Chinese Literature,—are only beating about the door as it were, trying in vain to find an entrance! For instance, with reference to the Chinese and English Dictionary, compiled by our late Learned Scholar MORRISON: this is most assuredly a book of the greatest importance! but then it merely communicates to the Student the meaning of each particular *character*, and no more! thus, as regards the formation of chapters and complete sentences, we are without any work to which we may refer as to a standard; and forasmuch, when any piece of fine writing is laid before us, we are utterly lost amid doubt and perplexity! how then under such circumstances, can we hope to wield the pen and compose with classic elegance?

For this reason it is, that I have specially drawn up the present little work, in order that the Student may first acquire before-hand, some knowledge of the general principles (of this difficult Language;) and afterwards, by taking this in his hand, and turning it over and selecting it's good portions with the greatest care, he may gradually arrive at a perfect understanding of the subject; and still further, this mode

**敘**

余作是書非以筆墨取長蓋吾大英及諸外國欲習漢文者苦於不得其門而入即如先儒馬禮遜所作華英字典固屬最要之書然亦僅通字義而已至於詞章句讀並無可考之書故凡文字到手多屬疑難安可望其執筆成文哉余故特為此者俾學者預先知其情節然後持此細心玩索漸次

Seu,
*Tsüy.*

Yü tsŏ shē-shoo, fe ē
*Yu tsŏk. shee-shü, fee ee*

peĭh-mĭh tsau chàng:—kae! woo
*püt-mák tsüy cheong: koy! ng*

Ta-Ying, keĭh choo wae-kwŏ
*Tai-Ying, küp chü ngoy-kwok.*

yŭh seth Hàn-wăn-chay, koo
*yuk tsap Hoan-mŭn-chay, foo*

yü pŭh tĭh ke mŭn; urh
*yu püt tŭk ke moon, e*

jŭh! Tseĭh-joo sëen-joo MA-
*yáp! Tsik yü seen-yü MA-*

LE-SUN; sŏ tsŏ Hwă, Ying,
*LEI-SUN: shō tsŏk Wá, Ying,*

Tszé-tëen: koo shŭh tsuy-yaou-
*Tszé-teen: koo shuk tsuy-yiw-*

che-shoo! jên, yĭh kin-tüng
*che-shü! yeen, yik kăn-tung*

tszé ē urh-ē! chē-yü
*tszé-ee e-ee! chee-yu*

tszé-cháng, keu-tów, ping woo
*tszé cheong, köy-t'au, ping mou*

ko kaou-che shoo:—koo, fán
*ho haou-che-shü:—koo, fán*

wăn-tszé taou-shów; tō shŭh
*mŭn-tszé tou-sh'au, tō shuk*

ē nân! 'gân ko wâng ke
*ee nân! ōan ho mōng ke*

chĭh peĭh, chíng wăn, tsae? Yü
*chüpp pŭt, shing mŭn tsoy? Yu*

koo tĭh wei tszé-chay, pē
*koo tŭk wei tszé chay, pee.*

heŏ-chay yü-sëen chē ke
*hoak-chay yü-seen chee ke*

tsing-tsëë; jên-how chē tsze.
*tsing-tseet; yeen-h'au chee tsze,*

sē-sin wán-sŏ, tsëén-tszé
*sei-sum oon-sŏk, tseem-tsze*

圖三：《意拾喻言》原書敘。

# 意拾喻言

## ESOP'S FABLES.

No. 1.

| The Wolf and the Lamb.<br>*Wolf devours sheep.* | 豺烹羊 | Chae păng ' yang.<br>*shai păng yaong.* |
| --- | --- | --- |
| When Pwan koo ' first began, all the birds and beasts<br>*Pwan koo beginning birds beasts all* | 盤古初鳥獸皆 | Pwan koo choo, neaou show keae<br>*Poon-koo cho, nëw sh'au kai* |
| could speak. One day a wolf with a<br>*can speak. One day wolf with* | 能言一日豺與 | năng yen. Yĭh jĭh chae yü<br>*năng yeen. Yăt yăt shai yü* |
| sheep at the same stream was drinking water, the wolf<br>*sheep, same stream drink water, wolf* | 羊同澗飲水豺 | yang, tung këen yin shwuy, chae<br>*yaong, tung kan yüm shuy, shai* |
| wished to devour the sheep, but reflecting within himself<br>*wished devour the sheep, himself thinking* | 欲烹其羊自念 | yŭh păng ke yang, tsze nëen<br>*yuk păng ke yaong, tsze neem* |
| ( he found ) he had nothing to serve as an excuse. so he constrainedly<br>*not whereby take-up excuse, so forcibly* | 無以措辭乃強 | woo e tsoo tsze, nae keang<br>*mou ee tsou tsze, nai këong* |
| upbraided him saying, " you make muddy<br>*upbraided him saying, you disturb muddy* | 責之曰汝混濁 | tsĭh che, yuĕ. " joo hwăn-chŏ<br>*chák che, yuel, " yü wăn-chuk* |
| " this water, causing me (the old fellow) that I<br>*this water, cause old fellow not* | 此水使老夫不 | " tsze shwuy, she laou-foo pŭh<br>*" tsze shuy, shei lou-foo păt* |
| " can't drink, I ought to kill you." The sheep to him<br>*can drink, ought kill. Sheep opposite* | 能飲該殺羊對 | " năng yin, kae shă ! " Yang tuy<br>*" năng yăm, koy shat ! " Yaong tuy* |
| said, " your majesty is at the upper part of the stream,<br>*said great king is upper stream* | 曰大王在上流 | yuĕ, " ta-wang tsae shang lew,<br>*yuel, " tai-wong tsoy sheong l'au,* |
| " I the sheep am at the lower part of the stream, altho' muddy<br>*sheep am lower stream altho' muddy* | 羊在下流雖濁 | " yang tsae hea lew, suy chŏ<br>*" yaong tsoy ha l'au, suy chuk* |
| " it is no obstacle !" The wolf again reprimanded him, saying,<br>*no obstacle: wolf again reprimanded saying* | 無碍豺復責曰 | " woo gae ! " Chae fŭh tsĭh, yuĕ,<br>*" mou 'ngoy ! " Shai fook chak yuel,* |
| " you last year on such a day, uttered<br>*you gone-year such day went-out* | 汝去年某日出 | " joo keu nëen mow jĭh, chŭh<br>*" yü hüy neen mow yat, chut* |

圖四：《意拾喻言》內文，第一則〈豺烹羊〉。

東西洋考每月統記傳

新聞

廣州府

年稔發、豐萬物殷殷、生意甚盛、外國之船陸續進口所載之棉花甚多而價尚平也。據愚想今年之貿易順達百意百隨。只可恨英吉利上年所用之茶葉、比較與前年減少四百萬斤。所銷賣之項好茶益增、而下等日少大茶白毫各項一均納稅未有上下貴賤之別。故好茶之價落、而下項之價昂亞默利加所用之綠茶不同。其居民月增年添、所用之茶亦更多也。是以今年所載賣於本國之貨比前年漸增也。○省城某人氏文風甚盛爲的習詩書之名儒將希臘國古賢人之比喻翻語譯華言已

東西洋考　九　戊戌九月

撰二卷。正撰者稱爲意拾秘周貞定王年間興也。聰明英敏過人。風流靈巧、名聲揚及西海異王風聞召之常侍左右。快論微言國政人物、如此甚邀之恩。只恐直言觸耳故擇比喻致力勸世棄愚遷智成人也。因讀者未看其喻余取其最要者而言之。盤古初鳥獸皆能言。一日豺與羊供淵飲水。豺欲烹其羊自念無以措辭、乃強責之曰、汝混濁此水、使老夫不能飲、該殺。羊對曰、大王在上流、羊在下流、雖濁無碍。豺復責曰、汝去年某日出言得罪於我、亦該殺。羊曰、大王誤矣、去年某日羊未出世、安能獲罪豺愧而怒曰、汝之父母得罪於我、亦汝之罪也。遂烹之。諺云欲加之罪、何患無辭。正此之謂也○又曰山海經載獅子與

圖五：清道光戊戌年（道光18年，西元1838年）九月，《東西洋考每月統記傳》所刊載的「廣州府」新聞，提到省城某名儒將希臘古賢人意拾秘之比喻翻語譯華言一事，並抄錄其中四則於後。

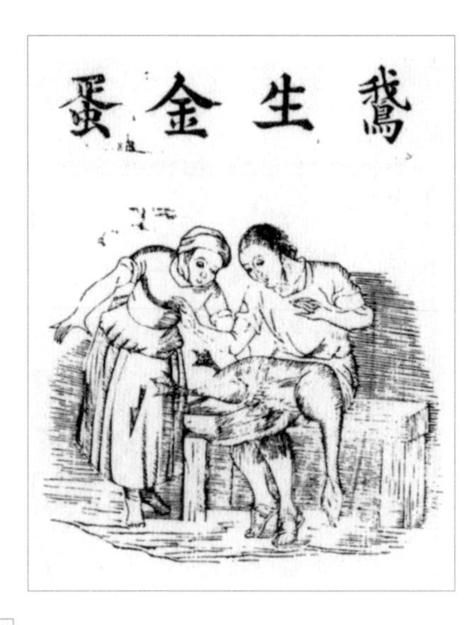


逞其雄。勁敵終日。卒之彼此皆受重傷。甚至各不能起。適來一餓狐。見二獸皆憊。順手而得之。曰多費二公之力。揚揚而去。二獸眼睜睜無以為法。任其取去。悔之曰、何不割而分之。强如受此欺悔之氣。俗云、鷸蚌相纏。漁人得利是也。

鵞生金蛋

愚民家養得一鵝。日生一蛋。驗之乃金蛋也。喜不自勝。忖曰、吾視其腹便便。其中不知何許。宰而取之。當

圖六：《伊娑菩喻言》的內文及其插圖——〈鵝生金蛋〉。

日風相賭

伊娑菩喻言　二十五

日與風互爭强弱。兩不相讓。甚欲一較高下。忽見路上行人。穿着外套忙奔而來。日曰、妙哉、妙哉。你我各自稱大。未能分別。今來人身穿外套。你我各施法術能使行人脫衣者為勝。於是相賭。其風則先行作法。大颶突起。幾將行人外套吹落。行人以手護持得免。風法既無可施。及至日作法。雲淨天空。照耀猛烈。行人汗流兩頰。熱氣難當只得脫下外套。是以日為勝耳。如世人徒恃血氣之勇多致有失。反不如溫柔量

圖七：《伊娑菩喻言》的內文及其插圖——〈日風相賭〉。

意拾秘傳

Alleen kwan 3, de andere ontbreken. 1 deeltje

愚夫求財

昔有愚夫貧居終日不善謀生。惟供奉一財神。朝夕焚香跪懇求賜金帛。餘無他事。久之殊不見效。而且日貧一日。愚夫憤然曰。我已誠心日久。早晚祈禱不爲不[illegible]。何以總不見賜。我若再求亦無益矣。於是將神像擲破。其腹中果見金帛存焉。愚夫笑曰。怪不得俗語有云。善財難化。寃枉甘心。靈神尚且如此。而況於人乎。每見世人再三求之而終不可。及至逞兇勸榨。即得之矣。

啄而狐則用舐法。瞬息間餚核既盡。杯盤狼藉。鶴則作辭而返。深恨狐之薄待己也。翌日酬席。盡以玻璃罐貯酒食。鶴則甚適其嘴。而狐則抱罐舐之。終無一物到肚。榮辱之報。是狐自取之也。故勸世人。不可自存欺人之心。猶恐反被人欺。何可說哉。俗云。惡人自有惡人磨。此之謂也。

車夫

一日車夫將車輪陷於小坑。不能起。車夫求救於阿彌陀佛。佛果降臨。問曰。你有何事相求。夫曰。我車落坑。求佛力拔救。佛曰。汝當肩扛其車。而鞭其馬。自然騰出此坑。若汝垂手而待。我亦無能爲矣。如世人急時求佛。亦當先盡其力。乃可任爾誦佛萬聲。不如自行勉力。

鶯吟羅伯聃

圖八：荷蘭萊頓大學漢學院圖書館所藏《意拾秘傳》卷三首頁及末頁。

圖九：張赤山輯《海國妙喻》扉頁。書名左側蓋有荷蘭萊頓大學漢學院的藏書印，「海」字正上方有英文「FABLES」，左上方有藏書編號「3799」。右欄上方貼有萊頓漢學院創立者戴文達教授（PROF. DR J. J. L. Duyrendak, 1889～1954）的名條。

光緒戊子夏六月
天津時報館代印



海國妙喻序

自來聖賢之教經史之傳庠序學校之設 聖諭廣訓之講皆所以化民成俗功在勸懲無如人聞正言法語輒奄奄欲睡聽如不聽亦人之恒情曷若以笑語俗言警怵之激勵之能中其偏私矇昧貪癡之病則庶乎知愧改悔勉爲善良矣昔者希臘國有文士名伊所布博雅宏通才高心細其人貌不颺而善於詞令出語新而雋奇而警令人易於領會且終身不致遺忘其所著寓言一書多至千百餘篇借物比擬敘述如繪言近指遠

冒然村鼠辭曰非我之福也與其徬惶而甘旨孰若安靜而糟糠俗云寧食開眉粥莫食愁眉飯與其富貴多危莫如淡泊自樂之爲愈也

學飛

古時有千歲龜徘徊於青山綠水之間侶魚蝦而友麋鹿意甚陶然偶一舉首瞥見蒼鷹振翼扶搖翱翔萬仞甚爲希奇中心豔羨乃謂之曰先生可謂真神仙矣脫間風起足下雲生離十洲三島一任遨遊可憐吾身高不滿寸終歲匍匐較之先生何止霄壤之別請將冲舉



之方授我則感銘無既鷹答曰飛潛動植各有所長莫能相强是非汝所能也汝必欲雄飛非徒無益而又害之無如龜懇求再四鷹勉從所請只得以爪提其尾飛上天空乃曰我且放汝當試行之果能飛否遂張其爪龜自高跌下飄忽不能自主砉然一聲墜於石上嗚呼哀哉身成齏粉矣可見物各有品人各有分如事不量力爲害不淺俗云飛不高跌不重是也

喜媚

鴉之爲物本不善鳴一日口啣食物穩棲樹上適有餓

圖十：張赤山輯《海國妙喻》序及內文。

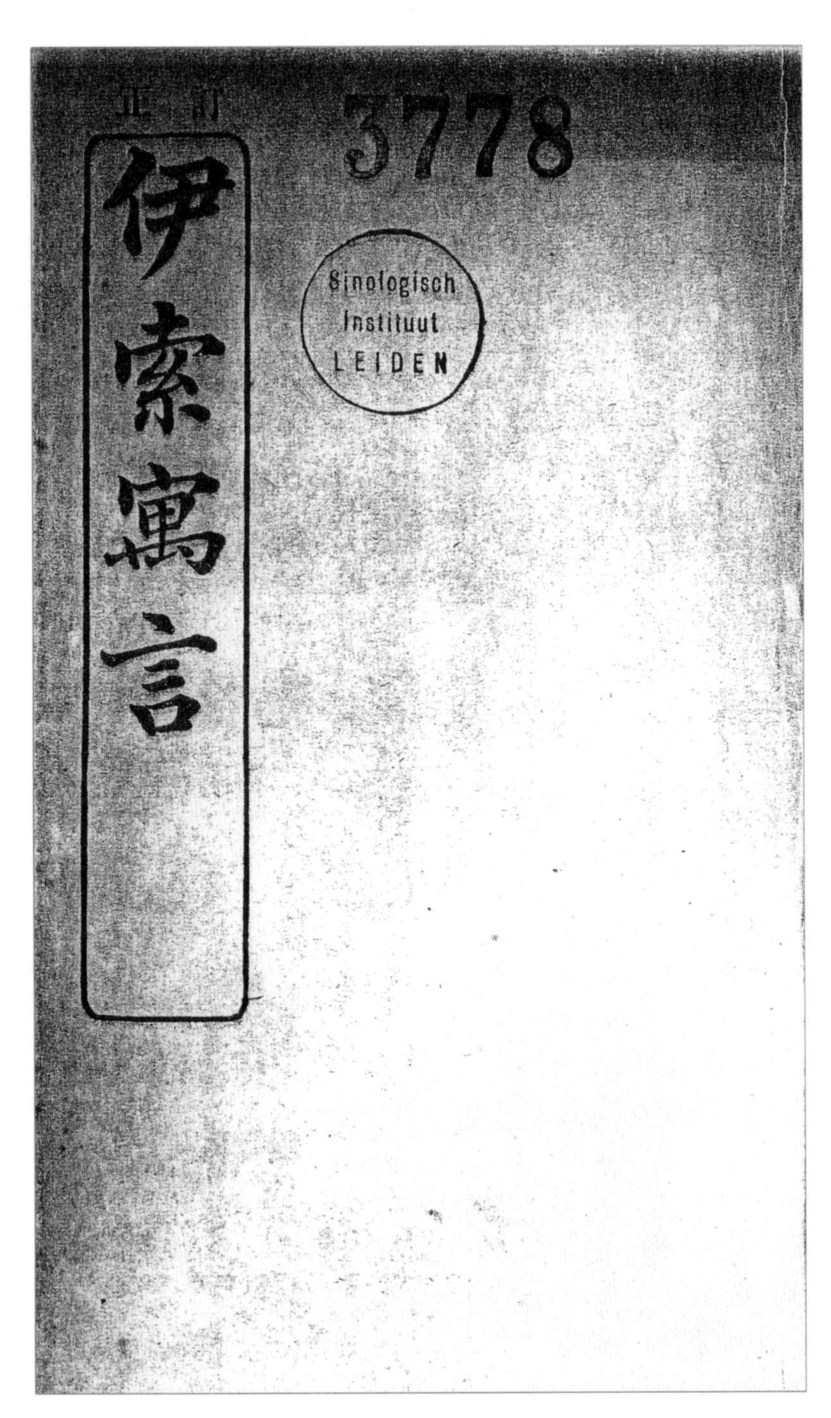


圖十一：林紓與嚴培南、嚴璩合譯《伊索寓言》封面。

商務印書館出版

常識談話

孫毓修編

千里眼　小世界　縮地奇方　飛行使者

每種一冊　每冊八分

科學之需要、人皆知之、吾人於此種常識獨爲缺乏、編者特創此體、爲科學普及之基礎、特色列下、

(一)取眼前之物、說明其理、由淺入深、人人能解、

(一)用故事體、貫串聯絡、趣味深長、閱過之後、永不能忘、

(一)全用白話、無不達之意、附列圖畫、表難顯之情、

(一)處處揣合兒童之心理、無過高不及之弊、

今已出以上四種、其餘陸續刊行、有志家庭教育兒童教育社會教育者、當無不先睹爲快也、

三又(1095)



序

伊索產自希臘、距今二千五百有餘歲矣、近二百年、哲學之家、輩起於歐西、各本其創見立爲師說、斯賓塞氏譔述、幾欲掩蓋前人、命令當世、而重蒙學者、仍不廢伊索氏之書、如沙的士、如麥生蒙、如沙摩島、如可踢安之人、咸爭以爲伊索氏產自其鄉里、據爲榮顯、顧古籍淪廢、莫獲稽實、獨雅典有伊索石象存焉、相傳伊索寃死於達爾斐、達爾斐數見災眚、於是雅典始祠以石象、然則昌黎之碑羅池、神柳侯之靈、固有其事耶、伊索爲書、不能盈寸、其中悉寓言、夫寓言之妙、莫吾蒙莊若也、特其書精深、於蒙學實未有裨、嘗謂天下不易之理、卽人心之公律、吾私懸一理、以證天下之事、莫禁其無所出入者、吾學不由閱歷而得也、其得之閱歷、則言足以證事矣、雖欲背馳錯出、其歸宿也、於吾律亦莫有

伊索寓言　序　一　商務印書館印行

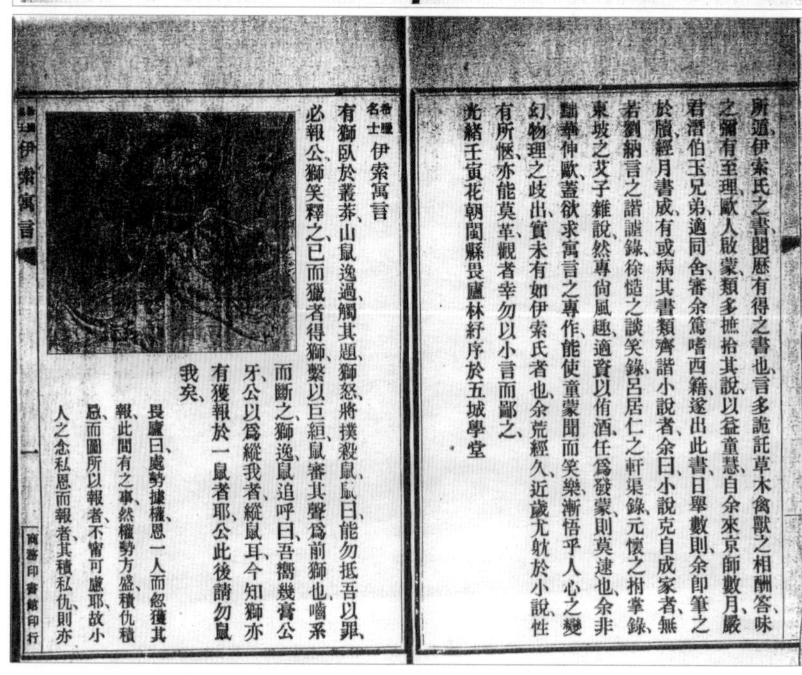

所遁、伊索氏之書、閱歷有得之書也、言多詭託草木禽獸之相酬答、味之彌有至理、歐人啟蒙、類多摭拾其說、以益童慧、自余來京師數月、嚴君潛伯玉兄弟、適同舍、審余篤嗜西籍、遂出此書、日舉數則、余卽筆之於牘、經月書成、有或病其書類齊諧小說者、余曰、小說克自成家者、無若劉納言之諧謔錄、徐慥之談笑錄、呂居仁之軒渠錄、元懷之拊掌錄、東坡之艾子雜說、然專尚風趣、適資以侑酒、任爲發蒙、則莫逮也、余非黜華伸歐、蓋欲求寓言之專作、能使童蒙聞而笑樂、漸悟乎人心之變幻、物理之歧出、實未有如伊索氏者也、余荒經久、近歲尤耽於小說、性有所慨、亦能莫革、觀者幸勿以小言而鄙之、

光緒壬寅花朝閩縣畏廬林紓序於五城學堂

希臘名士　伊索寓言

有獅臥於叢莽、山鼠逸過、觸其題、獅怒、將撲殺鼠、鼠曰、能勿抵吾以罪、必報公、獅笑釋之、已而獵者得獅、縶以巨絙、鼠審其聲爲前獅也、嚙系而斷之、獅逸、鼠追呼曰、吾嚮幾膏公牙、公以爲縱我者、縱鼠耳、今知獅亦有獲報於一鼠者耶、公此後請勿鼠我矣、

畏廬曰、處勢據權、恩一人而忽獲其報、此間有之事、然權勢方盛、積仇積怨、而圖所以報者、不嘗可慮耶、故小人之念私恩而報者、其積私仇、則亦

伊索寓言　一　商務印書館印行

圖十二：林紓等譯《伊索寓言》序及第一則〈鼠報獅恩〉。

則呼愴甚於喪禍、使能操之以約、則利長存、亦無爭奪掣肘之虞、不其泰乎、

蛇穴於週廊之下、一日出齩其主人之子、立斃、主人主婦大悲、明日蛇出、主人以巨斧伺之、蛇疾行、僅斷其尾、既而主人防蛇之復也、修好於蛇、以餅及鹽置其穴、饗蛇、蛇微語之曰、自是永無和時、蓋吾見斷尾、則必仇君、君思子、亦必仇我、天下安有積仇於心、而能不圖復者也、

畏盧曰、有志之士、更當無忘國仇、

獅病暍臥穴、鼠旋其耳與頸而窘之、獅怒、振其毛、且搜穴取鼠、狐過而調之曰、君獅也、詎畏鼠、獅曰、吾詎畏鼠、吾蓋怒不率之子弟、乘長者之憊而弄之、侵人自由之權、可罪也、

畏盧曰、小人難防、

櫪人長日刷馬不倦、而竊取其芻、馬曰、君欲澤吾毛乎、則當多我以芻、

累刷胡為者、故天下事貴求其實、

畏盧曰、綠營軍帥、以軍律律其下、進退拜跪、咸如禮、而餉儲則多實軍主之橐、舉軍咸能言者、而無一敢言、吾以為愧此馬矣、

騾夫挾一驢一騾、載重行遠、二畜行坦、悉忘其負之重、及登高、則蹶、驢請騾分重以登崎、下則還其重、騾不答、驢不勝任、斃於路、周騾夫取死驢之負、悉載之騾背、並增之以死驢之皮、騾大窘、言曰、吾罪良自取、設吾預分驢之責、驢且不死、吾何由載其物、且兼載其皮、

畏盧曰、懷國家之想者、視國家之事、己事也、必為同官分其勞、若懷私之人、方將以己所應為、委之人、甯知是為公事、固吾力

多力之狠、若偽西人者、何物耶、

騾飽食而無事、驕甚、自言曰、吾父必神駿、故吾逸足、非恆騾所及、明日主人乘而遠行、騾苦之曰、吾過矣、吾父實一驢也、

二蟆相距至邇、一處深池、人莫之見、一處小湫、其旁為村路、實行人所經、池蟆語之曰、君家至險、宜徙、胡不遷而暱我、且豐其食、湫蟆曰、吾重其遷、且故居吾甚安之、已而笨車過、輪陷湫、湫蟆死焉、

畏盧曰、境地為萬人所爭趨者、其託足必不牢、矧不審世故之夫、謬處於名場、顛蹶為尤速矣、



神巫坐於四達之衢、為行人語休咎、有人倉皇告曰、君家為人劫、盡喪其家具矣、巫大窘、黠者調巫曰、君日為人語休咎、家之凶兆、顧不之省、何也、

蛇與鷹戰酣、鷹為蛇糾數通、弗釋、有村人過、為鷹解其縛、鷹疾颺、蛇怒、陰吐涎於村人之飲器、村人不知、鷹下爪破其器、村人遂免、

鴉渴、見巨瓶寘於庭心、趨而飲之、水積其半、而瓶口小、不受啄、鴉啣小石塡之、石滿而水上溢、乃救其渴、凡物需之深者、巧始出、

圖十三：林紓等譯《伊索寓言》內文及插圖。

# 序　例

一、本書所收清代《伊索寓言》漢譯文獻，包括蒙昧先生與懶惰生（羅伯聃）合作編譯的《意拾喻言》、張燾輯《海國妙喻》、林紓與嚴璩、嚴培南合作翻譯的《伊索寓言》等三種，是研究中國寓言史以及中西文化交流史，相當重要而珍貴的資料。

二、這三種文獻，都是將西方傳入的《伊索寓言》用中國傳統的文言文加以翻譯或改寫，兼具寓言的哲理、趣味和譯文的文學性。因此，國、高中學生、大專學生以及一般熱愛文學的社會人士，也都可以從其中得到思理的啟發，充實文化知識，提升文言閱讀能力與寫作能力。

三、由於這三種文獻原書出版至今皆已超過百年，一般圖書館並不易見，故於封面及書前附「書影」十餘幀，以見三書之版式梗概。另外，為便於讀者了解三書之成書背景、內容特色，以及其流傳與影響的情況，故書前有「導論」一章。

四、本書所收三種文獻各則寓言皆有標題。《意拾喻言》原書目次用英文標題，內文用中文標題，本書用其中文標題；《海國妙喻》原書目次及內文皆有中文標題；《伊索寓言》原書並無目次，內文亦無編號及標題，為便於稱引，故仿前二書之例，另訂以四字為原則，且大致能概括該則故事大要之標題。

五、語言文字難免有古今通塞與地域隔閡，加以古人所謂校書如掃落葉，因而此三書內容難免有文義隱晦或疑為訛誤之處。遇此情形，則《意拾喻言》因係中英對照，故以英文參校；《海國妙喻》以《晚清文學叢鈔．域外譯文卷》參校；林譯《伊索寓言》則主要參考Thomas James英譯（1848年倫敦出版）、V. S. Vernon Jones英譯（1912年紐約出版）、Laura Gibbs英譯（2002年紐約出版）之英文版*Aesop's Fables*，以及林婉君譯注（1991年臺南大夏出版社出版）之中英對照本《伊索寓言》。

六、這三種文獻之通俗與典雅性質有別，因此在用字上，正體、簡體、俗字、通同字、或體字均見。為忠於原著，本書除將簡體字改為正體字（如：条改為條，铁改為鐵）外，其他用字原則上不予改動，諸如：鬥與鬬、寧與甯、癡與痴、惟與唯、並與并、妬與妒、蜂與蠭、庄與莊、肴與餚、舍與捨、群與羣等等之類，用字則悉依原書，而不強求與今日之統一字體一致。

七、為便於閱讀，本書針對三種文獻中之生難字詞與相關典故略加註解，然而，此三種文獻之內容，牽涉不少東西方歷史、地理、神話、傳說乃至宗教、政治、哲學、社會學等文化典故，相關註解難免有闕誤之處，敬祈讀者先進惠賜教言。

八、本書得以面世，主要歸功於荷蘭萊頓大學漢學研究院圖書館的館藏。另外，筆者於2001年秋天至2002年夏天旅居萊頓期間，受到當時萊頓大學代理校長梁兆兵教授、漢學院院長柯雷教授、漢學院圖書館吳榮子館長的熱誠協助，以及當時同在萊頓的漢樂逸教授與蘇桂枝博士伉儷、佐藤將之教授與陳瑢真伉儷、韓可龍教授與林欽惠伉儷以及林安慶博士、炫元兄等人，在生活上之指引關照，特此敬致謝忱。

顏瑞芳 謹識

2011/1/28於臺灣師範大學國文學系

# 目次

## 書影

序例 ……………………………………………………………………………… (16)

導　論　1



一、意拾喻言　19

## 二、海國妙喻 49

附　錄　183

# 導 論

## 一、明清時期《伊索寓言》的東傳與漢譯

中國寓言與印度寓言、歐洲寓言合稱世界三大寓言體系，而中國恰恰提供了這三大寓言體系融匯的舞臺。我們可以說，推動中國寓言發展的重要動力，是印度寓言與歐洲寓言的先後傳進中國。因而，中國寓言史毋寧可視為是這三大寓言體系在中國融匯的歷史。

眾所皆知，寓言在春秋戰國時期曾極一時之盛，然至兩漢已顯得後繼乏力；而從三國到魏晉南北朝，大量的印度寓言如《百喻經》、《雜譬喻經》、《雜寶藏經》等，隨著佛經漢譯被介紹到中國，不僅彌補了中國寓言的空白，也滋養了唐宋時期的寓言詩文，形成中晚唐至北宋時期「寓言的復興」。而這股風潮至南宋以後，因漸漸掉入模擬的窠臼而呈現衰頹之勢，直至元明之際劉基、宋濂上法秦漢，下取唐宋，在諸子寓言與古文家寓言的基礎上，開展出寓言新局。不過，論成就，劉、宋固屬不凡；論影響，則遠不如明代中葉以後傳華的歐洲寓言。歐洲寓言的東傳，對中國「寓言」文體觀念的形成，以及晚清、五四以後中國寓言的多元題材與擬人技巧，皆有深刻的借鑑意義和影響。

在明清時期，以《伊索寓言》為代表的歐洲寓言，其傳華及漢譯的過程可分為兩個階段：第一個階段是在十七世紀明萬曆至清康熙年間，其目的主要是作為「證道故事」，以傳播天主教教義。[1]明神宗萬曆時隨著利瑪竇（Mathieu Ricci）、龐迪我（Didace de Pantoja）、金

---

1 有關明末清初《伊索寓言》東傳及漢譯的介紹，請參見：〔日〕新村出〈伊曾保物語的漢譯〉，收於氏著《南蠻廣記》（東京：岩波書店，大正14年）、戈寶權《中外文學因緣》（北京：北京出版社，1992年）、李奭學〈希臘寓言與明末天主教東傳初探〉（見《中西文學因緣》，臺北：聯經，1991年）、〈故事新詮——論明末耶穌會士所譯介的伊索式證道故事〉，《中外文學》第29卷第5期，2000年10月、張錯〈附會以教化——《伊索寓言》中譯始末〉，《當代》第149期，2000年1月。

尼閣（Nicolas Trigault）、艾儒略（Giulio Aleni）、高一志（Alphonse Vagnoni，初名王豐肅）等耶穌會士東來傳教而傳入中國，至清朝康熙、雍正以後，隨著「禮儀之爭」所導致的禁教而暫時中止。總計明末清初自神宗萬曆，經熹宗天啟、思宗崇禎，到清世祖順治、聖祖康熙期間，見於利氏《畸人十篇》、金氏與張賡合譯《況義》、艾氏《五十言餘》、高氏《童幼教育》等著作中的《伊索寓言》，去其重覆，數量大約有五十則。這個數量，約占當時歐洲通行的《伊索寓言》的四分之一。這一階段的《伊索寓言》譯介，固然有其時代意義，但數量並不多，且因為中國改朝換代及清初禁教政策的關係，對中國寓言及文學的影響較為有限。

第二個階段是在十九世紀中葉鴉片戰爭前到二十世紀初，即清朝宣宗道光到德宗光緒末年，其目的本來是作為初來中國的英國人學習華語的教材。這次《伊索寓言》的傳華過程，開始於西元一八一五至一八二二年間英人米憐（Willian Milne）主編的《察世俗每月統記傳》，以至一九零二年林紓和嚴璩、嚴培南合作翻譯的《伊索寓言》。而這一時期最重要的成果，即是蒙昧先生與懶惰生（羅伯聃）合作編譯的《意拾喻言》八十二則、張燾所輯的《海國妙喻》七十則，以及林紓與嚴璩、嚴培南合作翻譯的《伊索寓言》三百則。這一階段的《伊索寓言》譯介的數量，以及對中國寓言文學產生的影響，都遠超過前一階段。

從十七世紀初利瑪竇的零星譯介、金尼閣與張賡的《伊索寓言》選譯本《況義》二十二則，到二十世紀初的林紓三百則全譯本《伊索寓言》，歷經三百年，《伊索寓言》的漢譯過程才算完成。而這三百年間不同的《伊索寓言》漢譯，其實都與中國寓言或文學、文化傳統，有相當程度的結合或融匯，即將西方寓言「中國化」，如利瑪竇譯介的先秦諸子寓言色彩、張燾輯《海國妙喻》中屢見的駢文文體、林紓以韓、柳古文筆法譯《伊索寓言》等。換言之，明清時期的《伊索寓言》漢譯，是西方寓言與中國文學交會的產物。

## 二、漢道之梯航：《意拾喻言》

西元一八一五年八月在馬來西亞馬六甲（Melaka）創刊的《察世俗每月統記傳》，是歷史上第一份由傳教士辦的中文期刊，該刊一直由米憐擔任編輯及主要撰稿人。該刊以傳教為主要目的，因此內容偏重宗教與倫理道德，另外也有少數介紹科技、史地與時事者，較特別的是米憐先後翻譯、刊載了〈貪犬失肉〉、〈負恩之蛇〉、〈蛤蟆吹牛〉、〈驢之喻〉、〈羣羊過橋〉等五篇《伊索寓言》故事。相對於明末清初來自歐陸的天主教耶穌會士的譯介，米憐稱得上是英倫新教傳教士譯介《伊索》的嚆矢。

《察世俗每月統記傳》的發行量，由前三年的五百份增加到後來的一千份，隨著發行量的增加，又將每年的內容合併裝訂，進行再版。它的發行對象主要為南洋一帶華人，後來嘗試贈予每年自兩廣、福建前往馬六甲交易的船員，希望能帶回中國，但效果無從得知。整體而言，米憐所譯《伊索》故事，雖有開路之功，但翻譯介紹的寓言數量不多，並沒有引起太多的注意。[2]

真正在中國社會掀起波瀾的是英人羅伯特・湯姆（Robert Thom, 1807～1846，中文名字為羅伯聃）和他的華文老師蒙昧先生合譯的《意拾喻言》。《意拾喻言》共譯介八十二則伊索寓言，全書分三卷。據西元一八三八（道光戊戌）年九月《東西洋考每月統記傳》（Eastern Western Magazine）新聞「廣東府」記載：「省城某人氏，文風甚盛，為翰墨詩書之名儒。將希臘國古賢人之比喻，翻語譯華言，已撰二卷，正撰者稱為意拾秘。」而一八四〇年，羅伯聃所編譯的*Esop's Fables*，在廣州和澳門分別以《意拾蒙引》、《意拾喻言》為書名出版。羅伯聃於一八三四年來華，由此推估，他和蒙昧編譯的《意拾喻言》，應

---

2　關於《察世俗每月統記傳》的詳細介紹，參見：譚樹林〈《察世俗每月統記傳》研究〉，文收於黃時鑑主編《東西交流論譚》（上海文藝出版社，2001年6月），頁189-205；蘇精〈近代第一種中文雜誌——《察世俗每月統記傳》〉，文載《書目季刊》第29卷第1期。

該是在一八三五至四〇年間陸續完成的。另外，筆者在荷蘭萊頓大學（Leiden University）漢學院圖書館看到一冊《意拾秘傳・卷三》二十四則，書末署名「鶯吟羅伯聃」，未著出版時地，譯文與《意拾喻言》完全相同，而不見卷一與卷二，可知《意拾喻言》除了不分卷八十二則的版本之外，還有分三卷發行的版本。

羅伯聃在《意拾喻言・敘》裡說：「余作是書，非以筆墨取長，蓋吾大英及諸外國，欲習漢文者，苦於不得其門而入。……余故特為此者，俾學者預先知其情節，然後持此，細心玩索，漸次可通，猶勝傳師當前過耳之學，終不能心領而神會也。學者以此長置案頭，不時玩習，未有不浩然而自得者，誠為漢道之梯航也。」[3]清楚表明他編譯此書的本意，是希望作為英國及其他外國人士學漢文、華語（包括廣東話）的登堂階梯、入港領航。《意拾喻言》在編排上以英、華、粵三語對照，正是配合這個目的。

《意拾喻言》的譯文雖然夾雜一些粵語的詞語，但整體而言，算是相當清爽流暢的文言文，這一點應該是得力於蒙昧先生的潤飾。據《東西洋考每月統記傳》戊戌（道光十八年，西元一八三八年）九月號新聞所記載：「省城某人士，文風甚盛，為翰墨詩書之名儒。」這位「翰墨詩書之名儒」的省城廣州「某人士」，應該就是蒙昧先生。當時清廷禁止一般華人與外國人接觸，尤其禁止華人教外人學習漢文漢語，因此，蒙昧先生必須以假名掩飾身分。

不過，羅伯聃應該也很清楚，語文只是工具，文化才是目的，要融入中國社會，在中國從事商業活動、開展傳教事業，除了要會講中國話，還要了解中華文化。因此，這本被羅伯聃期許為西方人士「漢道之

3 這段序文文末署名「知名不具」，而從行文語氣來看，應該是羅伯聃所寫。羅伯聃於西元1807年生於英格蘭（一說生於蘇格蘭），1834年來到中國澳門，1840年進英國領事界，在廈門、鎮海、廣州等地翻譯，1843年任英國駐寧波第一任領事，1846年逝世。參見：戈寶權《中外文學姻緣——戈寶權比較文學論文集》（北京：北京出版社，1992年7月），頁437-438；鮑延毅：〈《意拾喻言》問世的意義及影響〉，《國文天地》13卷3期，1997年8月號，頁20。

梯航」的《意拾喻言》，它所扮演的角色，其實不只是學習漢語漢文的語文教材，而同時是更廣泛認識中華文化的文化教材。因而往往在故事開頭援引中國的神話、傳說，在結尾則引用中國俗語或四書五經中的格言作為贊語。如此一來，通過《意拾喻言》所學習到的，就不僅僅是中國的文字、詞彙與句法等，而且包括經典、俗諺、典故等更深層的文化內涵。

以第三十則〈瓦鐵缸同行〉（The Iron Pot and the Earthen Pot）為例：

> 昔大禹治水，泗淮騰湧，被水衝出瓦鐵二缸，漂流無主。其鐵缸謂瓦缸曰：「吾視汝體不牢，何不與我，一並同行？彼此相依，庶幾勿失！」瓦缸辭曰：「足下雖然好意，但剛柔不可並立，恐猛流一來，竟如以卵擊石，我身必當破矣！」
> 俗云：「軟硬難以並肩，強弱不可同事。」即此之謂也！

對照一八四八年倫敦出版的Thomas James 英譯的*Aesop's Fables*第一二五則The Two Pots：

> Two Pots, one of earthenware, the other of brass, were carried down a river in a flood. The Brazen Pot bagged his companion to keep by his side, and he would protect him. "Thank you for your offer," said the Earthen Pot, "but that is just what I am afraid of; if you only keep at a distance, I may float down in safely; but should we come in contact, I am sure to be the sufferer."
> *Avoid too powerful neighbours; for, should there be a collision, the weakest goes to the wall.*

可以看出《意拾喻言》的譯文中所做的中國化包裝，即是在開頭加進了大禹治水的神話傳說，以及淮河、泗水的地理知識，在結尾引用相應的中國俗語以贊述寓意。再如第一則〈豺烹羊〉開頭說：「盤古初，鳥獸皆能言。」結尾謂：「諺云：『欲加之罪，何患無辭！』即此之謂也！」第三則〈獅熊爭食〉開頭說：「《山海經》載：獅子與人熊，同爭一小羊。」結尾引《戰國策》中「鷸（書中作「鶻」）蚌相爭，漁人得利」的成語作贊，都是類似的安排。鮑延毅先生認為：通過譯作中濃郁的中國歷史與文化氛圍的薰陶，可以大大增進西方初學漢語者對中國歷史文化的了解。[4]

《意拾喻言》在出版之後，據說清朝官員覺得其中有些故事是在嘲諷他們，因而加以查禁，[5]但這恐怕沒有阻擋《伊索寓言》的流傳，反而隨著鴉片戰爭以後，中國沿海口岸日趨開放、新聞傳播事業興起，以及《伊索寓言》本身強大的吸引力，像野火燎原般傳播開來。這可以從該書一再改頭換面重新排印、刊物不斷轉載傳播兩方面窺出端倪。

首先，是在一八五〇年前後，上海的教會醫院「施醫院」，刪去《意拾喻言》中〈愚夫求財〉、〈老人悔死〉、〈蛤求北帝〉、〈車夫求佛〉、〈愚夫癡愛〉、〈人獅論理〉、〈驢不自量〉、〈鰍鱸皆亡〉、〈真神見像〉等九則，改換書名，並刪去原來的英文及標音對照，重印七十三則本的《伊娑菩喻言》。這個版本除文字之外，於〈鵝生金蛋〉、〈日風相賭〉、〈報恩鼠〉等八則寓言的旁邊，附有筆觸相當細膩的插畫，這是目前所見最早有插畫的《伊索寓言》漢譯本。有趣的是，這些插畫中的人物形貌，看起來較像洋人而不似華人，有可能出自洋人插畫家之手。此一版本，香港文裕堂在一八八九年、一九〇三年

4 參見：鮑延毅〈《意拾喻言》問世的意義及影響〉，《國文天地》13卷3期，1997年8月號，頁20-24。

5 曹聚仁《文思．海外異聞錄》（上海：北新書局，1937年8月）中說：「相傳道光年間，《意拾蒙引》出版後，風行一時，大家都津津樂道；後來為一個大官所知，他說：『這裡是一定說著我們。』遂令將這部寓言列入違礙書目。」見該書頁219。

又兩度加以重印，加上前面提到的《意拾秘傳》，可見《意拾喻言》只是改頭換面變裝登場，並沒有真正被禁絕。

其次，在一八五三年八月創刊於香港，由英人麥都思（Walter Henry Medhurst）主編的中文期刊《遐邇貫珍》（The Chinese Serial），從第一期開始，每期均收錄「喻言一則」，這些「喻言」正是取自《意拾喻言》。《遐邇貫珍》於一八五六年五月停刊，共發行三十三期，每期發行三千份，影響似乎有限；更值得注意的是，美國傳教士林樂知（Young John Allen）一八六八年創刊於上海的《中國教會新報》周刊（自一八七四年，301期起易名為《萬國公報》），在一八七七至八八年（499-517期）林樂知回美國，由英國傳教士慕維廉（W. Muirhead）代理編務期間，每期刊載「喻言」數則，其內容也是轉載自羅伯聃的《意拾喻言》。《萬國公報》發行量較大，刊行時間較久，轉載寓言的數量較多，影響層面也較廣，在清末《伊索寓言》的傳播上，扮演重要的角色。

## 三、警世之木鐸：《海國妙喻》

西元一八八八年（清光緒十四年），天津時報館代印，赤山畸士張燾所輯《海國妙喻》七十則。有學者認為這是繼《況義》、《意拾喻言》之後，《伊索寓言》的第三個漢譯本，但該書〈序〉中提到：伊所布《寓言》「近歲經西人繙以漢文，列於報章者甚夥。雖由譯改而成，尚不失本來意味，惜未彙輯成書。余恐日久散佚，因竭意搜羅，得七十篇，爰手抄付梓，以供諸君子茶餘酒後之談」。可見《海國妙喻》只是張燾把當時「西人」所譯改，發表於報章的《伊索寓言》加以「彙輯」，張燾既非譯者，[6]而從這七十則故事「譯改」過程中添油加醋的多寡有別，文采詞藻繁簡駢散的差異頗大的情形，可知翻譯的「西人」

6 戈寶權謂：「阿英誤以為此書（按：指《海國妙喻》）係赤山畸士所譯，實為編輯。」參見：戈寶權《中外文學姻緣——戈寶權比較文學論文集》（北京：北京出版社，1992年7月），頁445。

恐怕也不只一人。這七十則中，有三十六則出自前述羅伯聃的《意拾喻言》，有三十四則見於後來的《伊索寓言》漢譯本；另外二十則既不見於《意拾喻言》與林紓譯《伊索寓言》，也未見於目前通行的中、英文版《伊索寓言》中，[7]有可能是刊登於當時報刊，屬於仿作性質的「伊索式寓言」。總之，《海國妙喻》是《伊索寓言》第三個漢譯本的說法，是有待商榷的，它的成書過程和《況義》、《意拾喻言》並不相同。

張赤山在《海國妙喻・序》也說明他彙輯此書的動機與目的，序中極力讚揚伊所布（伊索）《寓言》的文學價值和教育功能：「借物比擬，敘述如繪，言近指遠，即粗見精，苦口婆心，叮嚀曲喻，能發人記性，能生人悟性，讀之者賞心快目，觸類旁通，所謂：『道得世情透，便是好文章。』……其義欲人改過而遷善，欲世反璞而還真，悉貞淫正變之旨，以助文教之不逮，足使庸夫傾耳，頑石點頭，不啻警世之木鐸，破夢之晨鐘也！」對《伊索寓言》的藝術性和思想性，可謂推崇備至。

《海國妙喻》的文體以古文為主，間雜有韻文和駢文，文體並不純粹，這或許間接反映其書譯筆並非出於同一人。韻文體的譯文如第二十二則〈納諫〉：

> 雞伏蛇卵，功將成，燕姑過訪，見之，曰：「雞嫂，雞嫂！勿自苦勞！此非善類，性多奸狡。及其長成，勢必恩將讐報！恐爾苗裔，受累不少。那時悔之，得無欠早？是宜速省，以免後來悲悼！」雞遂大悟，棄而歸。

燕姑規勸雞嫂的話語分上下兩節，每節六句，句式為五句四言，而以一句六言殿之，整段偶數句皆用韻，讀來頗覺苦口婆心而抑揚有致。

---

7 這二十則是：〈蠅語〉、〈踏繩〉、〈賊案〉、〈覓食〉、〈二賢〉、〈多慮〉、〈羅網〉、〈犬勸〉、〈緩以救急〉、〈鷹避風雨〉、〈解紛〉、〈鏽鐮〉、〈拋錨〉、〈蟋蟀歎〉、〈白鴿〉、〈眶骨〉、〈滴雨落海〉、〈金索日短〉、〈粉蝶〉、〈鐵貓〉。參見：鮑延毅、鮑欣〈《海國妙喻》的成因及其問世的意義與影響〉，韓國中國小說學會《中國小說論叢》第九輯，1999年2月。

至於譯文中運用駢體文對偶和用典特色者，以第十則〈學飛〉、第十七則〈蟲言〉最為典型。例如〈蟲言〉中的一段：

> 乃有蟋蟀氏者，幾經盛暑，度過秋光，遇此風霜凜冽，霰雪霏微，不覺飢寒交迫，殘喘難延。既無障身之具，安望果腹之資。不得已，匍匐中途，至蟻國居民，扣扉告貸，下心抑志，羞色堪憐。求棲身於宇下，乞殘滴於杯中。
>
> 蟻氏啟扉而語曰：「異哉！爾之不恥實甚！胡不早圖自謀家室，預積倉箱，以備不虞；今乃轉叩人戶，效昏暮之求耶？」蟋蟀悵然曰：「惜乎！悟已往之不諫，或來者之可追。回憶午夜風清，我則唧唧，或在堂，或在室，伴騷客之清吟，助幽人之離歎；更當秋色清華，或吟風，或弄月，間旅人之殘夢，動閨閣之愁思。樂意陶陶，揚揚自得，又何暇計及後來之歲寒日冷哉！」

其中對偶的句子如：「風霜凜冽，霰雪霏微」、「既無障身之具，安望果腹之資」、「求棲身於宇下，乞殘滴於杯中」、「伴騷客之清吟，助幽人之離歎」、「間旅人之殘夢，動閨閣之愁思」等，或四言或六言，充分顯現駢儷色彩。而在用典方面，如「悟已往之不諫，或來者之可追」出於陶淵明〈歸去來辭〉，「或在堂，或在室」暗用《詩經・豳風・七月》：「七月在野，八月在宇，九月在戶，十月蟋蟀入我牀下」的典故，使譯文在藻麗之外更添加幾分典雅。

不過，《海國妙喻》中有些添油加醋刻意求工的譯文，從另一個角度看，也難免讓人覺得過於矯揉，曹聚仁便曾舉〈葡萄味苦〉一則為例，批評張赤山「把一節極有意思的寓言，譯成這樣索然無味的東西，天下真不少點金成鐵手也！」[8]雖然他錯怪了彙輯者而非翻譯者的張赤山點金成鐵，但也的確指出該書時有掉書袋的問題。其次，《海國妙喻》針對故事所做的評論，有時也流於訐直淺露，有傷委婉含蓄之致，如〈葡萄味苦〉一則，由吃不到葡萄說葡萄酸的狐狸所興發的評論：

> 此如世間卑鄙之輩，見人安富尊榮，才德出眾，高不可攀，自顧萬不能到此地步，反謂富貴榮華苦累無限，詆毀交加，滿心妒忌，出語臭硬，假意清高。噫！是謂拂人之性，違心之談。由此推之，此人亦必是幸災樂禍者。

藉酸葡萄的狐狸，痛斥「世間卑鄙之輩」，固然頗覺痛快淋漓，但畢竟有失寓言「警世之木鐸，破夢之晨鐘」的本色，而儼然是當頭棒喝了。

據說《海國妙喻》的銷路頗佳，曾二度重印，商務印書館天津分館還曾代售過，可知具有相當程度的傳播功效。筆者在萊頓大學所看到的《海國妙喻》，是荷蘭漢學家戴文達教授（J. J. L. Duyvendak）的收藏，後來捐贈給漢學院圖書館（圖書編號：3799）。

張赤山所輯《海國妙喻》，有些寓言篇幅較長，故事情節也較為曲折而引人入勝，如第二十一則〈二賢〉、第二十八則〈羅網〉等，這類故事，已經不太像典型的《伊索寓言》，而較像傳奇或小說了。或許是受到張赤山《海國妙喻》駢體化與小說化的啟發，光緒二十四年（一八九八年），梅侶女史裘毓芳又以章回小說體白話文改寫其中的二十五則，也名為《海國妙喻》，在《無錫白話報》（五日刊）連載。梅侶女史的《海國妙喻》，以章回小說的筆調，將原著由文言改寫成白話，內容帶有演義的成分。標題也仿章回小說的回目，倆倆對仗工整，頗具匠心巧思，例如第一至第四則分別題為：蒼蠅上學喫墨汁、老鼠獻計結響鈴、還請酒仙鶴報怨、不喫肉良犬盡忠（張燾編《海國妙喻》，

---

8 參見：曹聚仁《文思．海外異聞錄》（上海：北新書局，1937年8月），頁219。

此四則的標題分別是：蠅語、鼠防貓、狐鶴酬答、犬慧），這恐怕是《伊索寓言》漢譯之中最漂亮、最講究的標題了。

## 四、味之彌有至理：《伊索寓言》

西元一九〇二（光緒二十八）年，林紓和嚴培南、嚴璩合作翻譯《伊索寓言》三百則，隔年（一九〇三年）由上海商務印書館出版。林紓在〈序〉裡說：「自余來京師數月，嚴君潛、伯玉兄弟，適同舍，審余篤嗜西籍，遂出此書（指《伊索寓言》），日舉數則，余即筆之於牘，經月書成。」

林紓字琴南，號畏廬，又號冷紅生，福建閩縣人。嚴璩字伯玉，是清末翻譯家嚴復的長子，西元一八九六（光緒二十二）年以出使英國大臣羅豐祿隨員的身分，赴英國留學。大約同年，嚴復協助張元濟籌辦北京通藝學堂，推薦其侄子，即嚴璩之堂兄嚴培南擔任常駐教習。一九〇〇年，嚴璩由英國留學歸國。[9]林紓與嚴氏兄弟合譯的《伊索寓言》，應該就是嚴復從英倫歸國時攜帶回來。而當時在英美等國流通的較完整的英文版*Aesop's Fables*，總數也大抵在三百則左右，因此，林、嚴合譯的《伊索寓言》，可說是第一本漢譯《伊索寓言》的全譯本。

林紓在〈序〉裡說：「夫寓言之妙，莫吾蒙莊若也，特其書精深，於蒙學實未有裨。」他推崇莊子的寓言義理精深，但無裨童蒙；而《伊索寓言》則寓至理於簡潔有趣的故事之中，正適合啟迪童慧，所以他說：「伊索氏之書，閱歷有得之書也。言多詭託草木禽獸之相酬答，味之彌有至理，歐人啟蒙，類多摭拾其說以益童慧。」又說：「欲求寓言之專作，能使童蒙聞而笑樂，漸悟乎人心之變幻、物理之歧出，實未有如伊索氏者也。」可見他之所以翻譯此書，是希望透過聞而笑樂的趣

9 嚴璩、嚴培南相關資料，參見：皮后鋒《嚴復大傳》（福州：福建人民出版社，2003年10月）附錄一〈嚴復年譜〉。

味故事，引導童蒙體味其中至理，以增益智慧。

在清代的三個譯本中，林、嚴合譯《伊索寓言》最能忠於原著。它沒有針對故事背景或情節添油加醋，基本上符合「信、達、雅」的要求。嚴復在光緒二十二（一八九六）年翻譯完成的《天演論》卷首〈譯例言〉中指出：「譯事三難：信、達、雅。求其信已大難矣！顧信矣，不達，雖譯，猶不譯也，則達尚焉。」「譯者將全文神理，融會於心，則下筆抒詞，自善互備，至原文詞理本深，達於共喻，則當前後引襯，以顯其意。凡此經營，皆以為達；為達，所以為信也。」又說：「《易》曰：『修辭立其誠。』子曰：『辭達而已。』又曰：『言之無文，行之不遠。』三者乃文章正軌，亦即為譯事楷模。故信達而外，求其爾雅。」[10]林、嚴合譯的《伊索寓言》，可說充分體現嚴復所提出的譯事三原則。

從文本構成的層次來看，林譯《伊索寓言》可區分為三個部分：第一部分是《伊索寓言》的故事部分，這是從古希臘到中世紀流傳下來的，時間最早；第二部分是申明寓意的短語，是英文版《伊索寓言》的編譯者所加的，時間較晚；第三部分是中文版譯者林紓所加的「畏廬曰」論贊，時間最晚。第一部分是核心部分，每一則皆具備；第二和第三部分，則未必每則皆有。第二和第三部分，都涉及「寓意」的提點或申論，但第二部分以針砭人性弱點、揭示道德教訓為主，第三部分則往往與中國當時所面臨的政治處境與社會問題結合。

只有故事部分者，如第七十三則〈四肢反叛〉[11]，此類寓言的寓意須由讀者透過故事自行領會，這類寓言在此書中的數量不多。由第一、二部分組成者，如第六則〈蝙蝠遇狼〉，由第一和第三部分組成者，如第七則〈雞啄寶石〉，第一、二、三部分皆具者，如第八十一則〈瓦盌與銅盌〉：

---

10 參見：赫胥黎著，嚴復譯《天演論》（臺北：臺灣商務印書館，1987年10月），頁1-3。

11 「四肢議叛其腹心，相謂曰：『吾儕日見役於彼，耳我、目我、手我、足我，無不如志；而彼中據，如如無動，何也？』遂叛。腹心之號令，一不能行，竟委頓死。耳目手足，亦相隨焉。」

蝙蝠夜飛，觸壁而墜，為鼠狼所獲。蝠乞命於狼，狼曰：「吾性與羽族為仇！」蝠曰：「吾雖善飛，前身鼠耳，非羽類也。」狼釋之；已而復墜，更為他狼所得，蝠復申前語，狼曰：「吾最惡鼠！」蝠曰：「吾固鼠，然今蝠矣！」因而復免。（第一部分）
嗟夫！因變而全身，此蝠蓋智者之倫也。（第二部分）

雄雞率雌飲啄，抓地出寶石，其光瑩然。雞顧而歎曰：「爾出世苟遇其主，必以處寶石者處爾，俾爾得自副其為寶石者；今遇我，直不如一粟！」（第一部分）
畏廬曰：「以寶石之貴，求貴於雞，乃不如一粟！然則名士處亂世，自命固寶石也，能不求貴於雞，始無失其為寶石！」（第三部分）

河流下駛，而浮二盌，一銅一瓦。瓦盌哀銅盌曰：「君且遠我，苟觸我，我糜碎矣！且吾固不願與君同流也。」（第一部分）
故天下之友，惟同其類者乃親。（第二部分）
畏廬曰：「鄰國固宜親，然度其能碎我者，亦當避之。」（第三部分）

第一部分和第二部分在原書譯文中並沒有區隔出來，因此，會讓讀者誤以為故事後面的寓意短語是伊索所加。英文版的《伊索寓言》通常會將第二部分用較小的斜體字編排，與故事間空一行以示區隔。為便於區別，本書將第二部分獨立分段。第三部分在原書排版時以較小的字體且低兩格排印，因此不至於與譯文混淆。

藉「畏廬曰」攄事抒論，是林譯《伊索寓言》的最大特色。三百則之中，有一八七則附加抒發感想、評論。以「畏廬曰」開頭，頗有史官藉「太史公曰」或劉基《郁離子》中藉「郁離子曰」褒貶論贊的味道。這些畫龍點睛、議論抒感的文字，短者只有四字，長者至二百餘言。例如：第六十一則〈占星入塹〉（按：原書各則無標題，本文中之標題為筆者所加）評曰：「物蔽於近」；第二三三則〈二雞相鬥〉的評語，則由二雞同類相鬥，引申慨歎中國歷史上的黨爭是「不明於種族之辨」，再轉而歸結到清末時局：「天下所必與爭者，惟有異洲異種之人；由彼以異洲異種目我，因而陵轢侵暴，無所不至。今吾乃不變法改良，合力與角，反自戕同類，以快敵意，何也？」把動物故事和歷史教訓、當時局勢做有機結合，相互映照。

林紓「畏廬曰」中這類較長的評論，大多流露出對於清朝末年列強侵逼、政治衰敗的憂心忡忡，期望透過這類寓言故事來啟迪觀念、改造思想、提升道德，以強國強種，免於被瓜分淪亡。簡言之，即「儆醒人心，反帝救國[12]」。從遠因來看，林紓的家鄉是列強入侵中國首當其衝的東南沿海，尤其是中法戰爭的馬江戰役，那是在他家鄉燃燒的戰火；近的來看，就在譯此書的前夕，一九〇〇年清朝剛剛經歷「八國聯軍」血洗北京之役，無辜百姓遭受淫掠之災；隔年，李鴻章與各國使臣在北京簽訂喪權辱國的「辛丑合約」。大約同時，美國正掀起排華運動，加州政府制定種種苛嚴禁例抑制華工，華人備受虐待。[13]如第四則〈鷺出狼骾〉：「凶人以殺人為利，猶強國以滅國為利。不審其包藏禍心，而厚結以恩，將終為其所覆。」第七十五則〈羊噬葡萄〉：「歐人視我中國，其羊耶？其葡萄耶？吾同胞當極力求免為此二物，奈何尚以私怨相仇復耶？」反映他對列強侵華滅國的憂心。第四十二則〈狗據草〉：「藁固莫利於犬腹，而據之足袪一身之寒；牛一得之，藁無餘矣。此美

12 王秉欽認為，林紓翻譯思想的靈魂是「儆醒人心，反帝救國」（參見：王秉欽《中國翻譯思想史》）（天津：南開大學出版社，2004年3月），頁74。這樣的思想亦反映在所譯之《伊索寓言》。

13 據統計，由於此次排華事件，前後二十年之間（1883～1903）在美華人從三十萬人減到十萬人。相關背景始末，可參見：阿英《晚清小說史》（臺北：天宇出版社，1988年9月），第五章〈反華工禁約運動〉。

洲所以力拒華工也。」則是針對美國排華工以救失業的評論。這些論贊，實寄寓林紓深切的憂患意識與愛國精神。

「畏廬曰」有時也結合林紓眼見耳聞的社會事件，做進一步的驗證，如第五十四則〈牧童詭呼〉：

> 牧童牧羊於近村，大呼狼至；村人爭出，實無狼。如是者三四，牧童大笑。已而狼果至，牧童驚號曰：「眾來！眾來！狼食吾羊矣！」聲既咽，救者莫至，謂其詭也。狼知無援，遂盡羊羣而去。
>
> 世之善詭者，雖語其實，人亦將不信之矣！
>
> 畏廬曰：「此驪山之覆轍也，然余固見之矣！同里某茂才小病輒號，且出遺囑，久之，家人亦弗信，茂才果以病死，妻子竟不一前。詭之為禍如是哉！」

從牧童因詭亡羊，連結歷史上周幽王因詭被殺，再連結到同里茂才因以病死，最後以「詭之為禍如是哉！」作結，便顯得格外具有說服力；而相對的，「誠實」的重要，便更充分地反襯出來。

「畏廬曰」還有一種功能，就是通過《伊索寓言》與中國古代文化相互比較。如第一五九則〈橡神餞奏〉評曰：「莊生之喻櫟，主不用世；伊索之喻橡，主用世。」將《莊子・人間世》中櫟樹以無用之材得以全身的處世態度，和《伊索寓言》中太歲星安慰橡樹當以能任棟樑為幸的用世態度相對比。又如第五則〈束竹喻子〉評論：「茲事甚類吐谷渾阿柴，然以年代考之，伊索古於阿柴，理有不襲而同者，此類是也。」這類涉及中西文學、文化異同的比較，數量雖不多，但的確是「開啟了中國比較文學研究的先河」[14]。

林紓翻譯所使用的語言，一直是最引人注目的，清末便有人分析

14 參見：郭延禮《中國近代翻譯文學概論》（武漢：湖北教育出版社，2005年7月），頁167。

「問何以崇拜之者眾？則以遣詞綴句，胎息《史》、《漢》，其筆墨古樸頑豔，足占文學界一席而無愧色。」[15]除了深厚的史傳文學傳統，林紓也精研韓、柳古文，嘗著《韓柳文研究法》，而柳宗元尤其是唐代古文家寓言的代表，因此，林譯《伊索寓言》的筆觸，似乎頗受柳宗元〈三戒〉（〈臨江之麋〉、〈黔之驢〉、〈永某氏之鼠〉）這類寓言的薰染，自然流露出一派雅潔古樸的風格，讀來如咀嚼橄欖，甘醇有味。以第一〇四則〈羣鼠聚議〉為例：

> 羣鼠聚穴議禦貓，俾貓來有所警覺。時議論者眾，一鼠獨曰：「必貓項繫鈴，行則鈴動，即恃此為吾警。」主議者悅，詢何人能以鈴授貓者，座中莫應。

用這樣簡練生動的古文筆法，來翻譯西方傳入的《伊索寓言》，稱得上是「中西合璧」。王秉欽評其「譯筆精湛，頗具馬、班、韓、柳的神韻和傳統文學的風采」[16]，是非常中肯的。讀林譯之後，再讀民國以來的白話譯本，往往覺得淡乎寡味了。

另外，值得一提的是，「伊索」（Esop, Aesop）這個譯名，也是從林譯《伊索寓言》開始使用，沿用至今。Aesop一詞，明代譯為阨瑣伯、厄斯玻，清代有意拾、意拾秘、依濕、伊娑菩、伊所布等不同譯名，民國初年則有的譯為伊朔、伊所伯。因林譯《伊索寓言》流傳最廣，其他的譯名就漸漸為人所淡忘。

林、嚴合譯《伊索寓言》在光緒二十九（西元一九〇三）年由上海商務印書館發行後不久，清廷於光緒三十一年廢除科舉制，成立學部，著手推行新式教育。西式學堂中學童上課所需教科書，由民間書局編輯，經學部審定通過後使用。教科書的市場利潤可觀，商務印書館自然

15 覺我〈余之小說觀〉，《小說林》第10期，1908年。引自孟昭毅、李載道主編《中國翻譯文學史》（北京：北京大學出版社，2005年7月），頁52。

16 參見：王秉欽《中國翻譯思想史》（天津：南開大學出版社，2004年3月），頁74。

不會缺席。另一方面，以《伊索寓言》作為漢語學習的教材，從羅伯聃編譯《意拾喻言》已有前例，差別只是學習對象由洋人變為華人。在因緣際會下，蔣維喬所編商務印書館出版的初等小學用《最新國語文教科書》便大量改寫伊索寓言為課文，例如光緒三十一年十一月初版《最新國語文教科書》第三冊，六十課之中改寫自《伊索寓言》的就有七課，數量遠超過改寫自中國寓言者。另外，光緒三十四年上海中國圖書公司編印的《初等小學修身課本》，也採用《伊索寓言》作為修身教材，如第三冊第十四課便是以〈犬銜肉〉（〈叨肉之犬〉）來教導「不貪」。而當時學部所公布的適合國民閱讀的課外讀物，也列入林紓譯《伊索寓言》。

由於清末西式教育的推行，《伊索寓言》已經堂而皇之進入學堂，成為當時中國新生代學童學習漢語、修養品德的良師益友，相較於道光年間遭到查禁、躲躲藏藏的情形，真是不可同日而語。我們或許可以說：由於清末報刊對《伊索寓言》的譯介和轉載，尤其是林譯《伊索寓言》的風行，引發當時文化界普遍的注意和興趣，因而在教科書中大量納入《伊索寓言》為教材；也因為《伊索寓言》被採為教材，學童從教科書嘗鑾知味而思求鼎，又使得林譯《伊索寓言》更為暢銷，更擴大它的傳播和影響。

# 一、
# 意拾喻言

## 敘

余作是書，非以筆墨取長，蓋吾大英及諸外國，欲習漢文者，苦於不得其門而入，即如先儒馬禮遜所作《華英字典》，[1]固屬最要之書，然亦僅通字義而已；至於詞章句讀，並無可考之書。故凡文字到手，多屬疑難，安可望其執筆成文哉！余故特為此者，俾學者預先知其情節，然後持此，細心玩索，漸次可通，猶勝傳師當前過耳之學，終不能心領而神會也。學者以此長置案頭，不時玩習，未有不浩然而自得者，誠為漢道之梯航也，勿以淺陋見棄為望。

知名不具

## 小引

意拾者，二千五百年前，記厘士國[2]一奴僕也。背駝而貌醜，惟具天聰。國人憐其聰敏，為之贖身，舉為大臣，故設此譬喻以治其國[3]。國人日近理性，尊之為聖。後奉命至他國，他國

1 羅伯特・馬禮遜（Robert Morrison, 1782～1834）生於英國諾森伯蘭郡。十六歲時加入長老會，後受倫敦傳道會（London Missionary Society）派遣到中國，學習和掌握中國語言，以便將《聖經》翻譯為漢語。1808年9月抵達澳門。《華英字典》的編纂，開始於是年，約歷經十三年，於1822年完成。《華英字典》分為三部，第一部題名「字典」，主要係依據《康熙字典》編譯而成，按部首查字法編纂；第二部稱為「五車韻府」，是按漢字音序查字法排列；第三部為「漢英字典」，內容包括單詞、詞組成語和格言的英漢對照。參見：譚樹林，《馬禮遜與中西文化交流》（杭州：中國美術學院出版社，2004年9月）、雷雨田主編，《近代來粵傳教士評傳・馬禮遜評傳》（上海：百家出版社，2004年5月）、馬禮遜夫人編，《馬禮遜回憶錄》（桂林：廣西師範大學出版社，2004年6月）。

2 Greece之音譯，指希臘。

3 「故設此譬喻以治其國」一句，原書之英文對照為：Under such circumstances he drew up these Fables, intending to govern his People by their application.

之人妒其才，推墜危崖而死。其書傳於後世，如英吉利、俄儸斯、佛欄西[4]、呂宋[5]，西洋諸國，莫不譯以國語，用以啓蒙，要其易明而易記也。

## 1.豺烹羊

盤古初，鳥獸皆能言。一日，豺與羊同澗飲水，豺欲烹其羊，自念無以措辭，乃強責之曰：「汝混濁此水，使老夫不能飲，該殺！」羊對曰：「大王在上流，羊在下流，雖濁無礙。」豺復責曰：「汝去年某日，出言得罪於我，亦該殺！」羊曰：「大王誤矣！去年某日，羊未出世，安能得罪大王？」豺則變羞為怒，責之曰：「汝之父母得罪於我，亦汝之罪也！」遂烹之。

諺云：「欲加之罪，何患無辭？」即此之謂也！

## 2.雞公珍珠

昔有雄雞，於亂草中尋食，忽獲明珠數顆，光芒燦目，歎曰：「惜哉！如此寶物，委於泥中，人或見之，不知貴重何似！今我得之，一無所用，反不如一粟之為美也！」

俗云：「何以為寶？合用則貴。」是也！

---

4 France之音譯，今一般譯為法蘭西，指法國。

5 原書之英文對照為：Spain，即西班牙。呂宋為菲律賓北部大島，十六至十八世紀為西班牙殖民地。明代稱西班牙與葡萄牙為佛郎機。《東西洋考・東洋列國考・呂宋》載：「有佛郎機者，自稱干系蠟國，從大西來，亦與呂宋互市。酋私相語曰：『彼可取而代也。』因上黃金為呂宋王壽，乞地如牛皮大，蓋屋。王信而許之。佛郎機乃取牛皮剪而相續之，以為四圍，乞地稱是。王難之，然重失信遠夷，竟予地。月徵稅如所部法。佛郎機既得地，築城營室，列銃置刀盾甚具。久之，圍呂宋，殺其王，逐其民入山，而呂宋遂為佛郎機有矣。……今華人之販呂宋者，乃販佛郎機者也。」見〔明〕張燮著，謝方點校：《東西洋考》（北京：中華書局，2000年），頁89。因此，此處以呂宋代稱西班牙。

## 3.獅熊爭食

《山海經》載：獅子與人熊，同爭一小羊。二物皆猛獸，各逞其雄，勁敵終日，卒之彼此皆受重傷，甚至各不能起。適來一餓狐，見二獸皆憊，順手而得之，曰：「多費二公之力。」揚揚而去。二獸眼睜睜無以為法，任其取去，悔之曰：「何不割而分之，強如受此欺侮之氣！」

俗云：「鶻蚌相纏，漁人得利。」[6]是也！

## 4.鵝生金蛋

愚民家養得一鵝，日生一蛋，驗之，乃金蛋也，喜不自勝，忖曰：「吾視其腹便便，其中不知何許？宰而取之，當得大富。」遂殺之，剖其腹，一無所有。

正所謂：「貪心不得，本利俱失。」是也！

## 5.犬影

昔有犬過橋，其口咬有肉一塊，忽見橋下有犬，口咬肉；不知其為影也，遂捨口之肉，而奔奪之，幾乎淹死。其肉已隨流水去矣。

「欲貪其假，失卻其真。」世人多有類此！

## 6.獅驢同獵

大禹時，獅子與笨驢同獵得一羊，論理則當平分，惟獅貪心頓起，遂曰：「吾乃獸中之王，理應多分一股。」驢不敢駁，獅猶不滿意，又曰：「所得之羊，皆我之力也，又應多分一股。」驢知勢不可爭，亦強從之，曰：「請即分之。」獅仍不足，憤然起曰：「分則不

---

6 此句原書之英文對照為：When the kite and the oyster are struggling together, the fisherman has the fortune.《戰國策．楚策》中有「鷸蚌相爭」寓言，此處改「鷸」為「鶻」（kite）應當是有意為之，非抄寫之誤。

分，力大者得之！」於是全得；驢則逡巡退讓，悔曰：「強弱不可同事，此我之誤[7]也！」

俗云：「世事讓三分，莫道人強我弱。」之謂也。

## 7.豺求白鶴

神農間，有豺食物，骨髏在喉不能出，無可以救，自思必須鶴嘴方可。乃懇其鶴曰：「先生其嘴甚長，弟受骨髏之患，求先生貴嘴向喉一拔，自當重報。」鶴則如其所請，即拔救之，曰：「謝我之物安在？」豺曰：「汝得脫身，已屬萬幸，猶欲謝乎？若再多言，是欲為吾喉中之物也！」

俗云：「過橋抽板，得命思財。」正此之謂也。

## 8.二鼠

村落中有二鼠，本屬親誼，一在京師過活，忽一日，來村探舊。村鼠留而款之，所出之食，粗臭不堪。京鼠曰：「汝居無華屋，食無美味，何不隨我到京一見世面？」村鼠欣然同往。及到京，果然食用皆異。一日，二鼠同酌，驀來一雄犬，幾將村鼠攖去[8]，村鼠大駭，問曰：「此處常有此害乎？」曰：「然！」村鼠辭曰：「與其彷惶而甘旨，孰若安靜而糟糠？」

俗云：「寧食開眉粥，莫食愁眉飯。」即此之謂也。

## 9.農夫救蛇

曠野外，有冰僵垂危之蛇，臥於草中，適農夫遇而動憐，急取而懷之。其蛇得暖復元，即就其胸中咬之，農悔曰：「救得彼命，失卻己

---

7 「誤」字，原書作「悞」；「誤」與「悞」同。

8 攖去，原書之英文對照為seize，即攫取，拈去。

命。何其愚哉！」

原毒物之不當救也，曾聞：「養虎為患。」莫不然乎！誠哉！「江山易改，性格難移。」非妄言也！

## 10.獅驢爭氣

獅為獸中最惡，驢為獸中最馴。一日，彼此爭氣。獅自忖曰：「吾乃獸中之王，與此區區者較長短乎？勝之，亦不足貴！」遂捨之。

俗云：「大人不怪小人。」之謂也。

## 11.獅蚊比藝

獅子與蚊蟲，一大一小，相去天淵。一日，蚊謂其獅曰：「聞大王力大無窮，天下無敵；以吾觀之，究係鈍物，非我之對手也。」獅素勇猛，從未聞有欺他者，今聞蚊言，大笑不已。蚊曰：「如不信，請即試之！」獅曰：「速來，無得後悔！」於是，張口舞爪，左支右盤，不能取勝。殊[9]！蚊忽然鑽入其耳，復攻其鼻。獅覺難受，搖頭搖耳，終不可解，甚不耐煩。乃輸服曰：「今而後，吾知鬥不在力，在於得法而已。」

如兵法：不論多寡，若無行伍，雖千萬人，不足畏也。

## 12.狼受犬騙

羅浮山下，蘭若幽棲。小犬守於門外，適來一狼，攫而欲啖之。犬跪而請曰：「念犬年輕瘠瘦，即奉大王烹之，亦不過一飧之飽；何不俟我肥壯，然後食之，豈不善哉？」狼信而釋之。越年餘，狼尋其犬，見犬躲於主人內室，狼以手招之。犬曰：「我知之矣，不必等候，此後大王若遇別犬求赦，切不可信。吾乃驚弓之鳥，訝釣之魚，一之為甚，其可再乎？無勞盼望！」狼悔曰：「十賒不如一現，即此之謂也！」

---

9 「殊！」原書之英文對照為：Forlo! 意為「瞧呀！」

## 13.驢穿獅皮

驢穿獅子皮，眾獸見則畏懼而奔避之。驢則自以為能，目無忌憚。一日，歡呼大叫，聲入各獸之耳，始知其為驢也，所避之獸羣起而殺之，一旦粉身碎骨。是驢之不慎故也。使驢若能知機，終身不叫，則驢身獅勢，豈不快哉！甚矣，假威風之不能長久也！

俗云：「狐假虎威。」其驢「露出馬腳」來，而弄巧反拙矣！

## 14.鴉插假毛

鴉拾各鳥翎毛，自插於其身，居然一彩鵲也。凡鳥見之，必恭敬而禮焉。其鴉自以為樂，不覺歡鳴；其呱呱之聲，眾鳥怪異。於是，莫不知其為鴉也，遂羣啄之。通身之毛，不分真假，盡被拔去。

如世人每有借光之事，多從言語中敗露者，豈鮮哉？

## 15.鷹龜

龜見鷹高飛萬仞，甚為希奇。一日，懇其鷹曰：「先生翺翔雲漢，亦當憐我高不滿寸，身不離地，肯教我飛乎？」鷹辭曰：「飛禽走獸，各有所長，非汝所能也！」無如龜懇再三，鷹則啣其頸而提飛之；飛至半空，曰：「我放汝，速當試之，果能飛否！」遂放口。其龜自半空中跌下，身破骨碎矣！

可見，物各有其品格，人各有其身分；如事不量力，豈不受害乎？俗云：「飛不高，跌不傷。」是也！

## 16.龜兔

禹疏九河之時，凡鳥獸魚鱉，紛紛逃匿。適兔與龜同行，其兔常罵龜曰：「吾見行之迤邐慢頓者，莫如汝也；何不如我之爽快麻利，豈不便捷乎？」龜曰：「汝謂我遲遲吾行者，何不與汝相賭乎？」遂指一處曰：「看你與我，誰先到此，則勝之！」兔乃忻然共賭。兔思龜行如是之慢，殊不介意，行至半途，不覺昏然睡去。及醒，其龜已先到矣，悔之曰：「寧可耐而成事，莫恃捷而誤功也。」

「驕兵必敗！」其此之謂乎！

## 17.雞鬪

無稽村外，有兩雄雞相鬪，卒分勝負。其勝者立於高處，揚揚自啼。適有鷹飛過，聞雞聲，遂攫而去之；其負者反得安然。

可知兩雄不並立，世事豈能預料？朝暮宜自慎，榮辱不足憂。所謂：「螳螂捕蟬，不知黃雀在後」、「得意須防失意時」，即此之謂也！

## 18.黑白狗乸[10]

黑狗將誕栽子[11]，苦無地方，乃求其白狗曰：「汝有空房，借我誕育，則感德於無既矣！」白狗許之，於是，育得諸兒，漸次長成，嗷嘈聒耳。白不耐煩，即對其黑曰：「汝已養大諸兒，可以去矣！」黑者曰：「汝能驅逐諸兒，汝當自便，猶恐反為諸兒所逐也。慎之！」白歎曰：「受恩不報，非君子，況惡報乎？」

俗云：「劉備借荊州，有借無還。」是也！

## 19.狐指罵蒲提[12]

狐經蒲提架下，渴，欲啖之。因其架太高，跳踴而摘之，不得，遂悵悵然指罵之曰：「此蒲提大不中用，酸而無味！」抑知酸正可以生津而止渴，不過因其不得而反罵之耳。

---

10 狗乸，原書之英文對照為：bitch，母狗。乸，指動物之雌者。
11 誕栽子，原書之英文對照為：litter her whelps，產下幼子。
12 原書之英文對照標題為：The Fox and the Grapes.蒲提，即葡萄。

俗云：「皆因自己無能，反說他人無用。」世間無日不如是也！

## 20.孩子打蛤[13]

水塘有小蛤頑跳，適有小童一隊，遊玩至此，見而取石擲之。老蛤出而勸曰：「眾小官，懇勿擲石，此係汝等玩意，倒係我等性命矣！」

俗云：「無心放砲，玉石俱焚。」又云：「萬物傷殘，祇供一笑。」是也。

## 21.蛤乸水牛

蛤仔在田玩耍，見水牛來，羡曰：「大牛來矣。」其乸好高自大，聞羡水牛，頗不稱意，乃鼓其氣，以為大似水牛。問其子曰：「汝說大水牛，比我如何？」仔曰：「差得遠也。」又鼓其氣，再問曰：「何如？」曰：「仍未及也。」於是，鼓之不歇，卒之身破殞命。

俗云：「妄自尊大，取死之道也。」又云：「自滿自誤，其不然乎！螂肢[14]雙斧，分量奚知？」是也。

## 22.鷹貓豬同居

摩星嶺上有古樹，其頂則為鷹巢，其根則野豬盤踞，貓則居其中焉。一日，鷹下種子[15]，咿吱之聲頻入貓耳；繼而，豬又下栽子。於是，上下交鳴，均屬可口之物。貓則垂涎久之，思極計生，先說其鷹曰：「豬母不懷好意，汝須防之。」鷹曰：「何以見得？」貓曰：「吾見其終日扒挖樹根，欲傾其樹而覆其巢，以取汝子。」鷹曰：「果如是乎？」留心窺之，果非謬妄。貓又轉說其豬母曰：「鷹心懷不軌，每每窺探，足下出行，即欲啖汝之子，必須看守為要！」豬初未信，及見鷹

---

13 原書之英文對照標題為：The Boys and the Frogs. 蛤，乃指蛙。
14 螂肢，原書作「蜋支」。
15 鷹下種子，原書之英文對照為：the Eagle hatched her young，孵出小鷹。

常窺視，遂信為真。於是，各守栽子，一步不行，以致忍飢得病；迨不能起，其貓則上下得而取之，始知中貓之計。無如，飢不能興。

俗云：「好話不背人，背人無好話。」又云：「鶻蚌相持，漁人得利。」[16]是也。

## 23.馬思報鹿仇

靈臺上馬鹿同遊，其馬每受鹿欺，積怨於心，無以報復。自私必須人力，方可雪恨，乃求一武夫曰：「馬受鹿欺久矣，此恨難消！求壯士為我報仇，馬當終身以報。」武夫曰：「汝欲伸冤，必須言聽計從，任我驅使乃可！」馬曰：「得君相幫，水火不避，無不應承。」武夫遂置鞍蹬，繫其身上；又以鐵環卸其口[17]，從此騎而鞭之。報仇之約，絕不提及。馬悔曰：「前受鹿欺，尚不能忍；今受人騎，終身僕僕，悔無及矣！甚矣！人力之不可藉也！」

## 24.蜂針人熊

虞舜間，天下太平，春間花木茂盛，人熊遊於郊外，忽被蜂針一口，痛甚，怒不可解，遂尋其巢，壘而傾覆之。眾蜂擁出，團而針之，掃除不迭，乃悔曰：「欲洩一針之恨，反受萬針之害。」

《論語》云：「小不忍則亂大謀。」其信然矣！

## 25.獵戶逐兔

峨嵋山下有故園，中有花匠，種植樹木，調理花草，甚屬整齊，惟恨野兔，常來踐踏嫩蕊，無法禁止。遂請獵戶到園，驅逐其兔。獵者昂

---

16 此句原書之英文對照為：When the kite and the oyster struggle together, the fisherman gains profit thereby! 與〈獅熊爭食〉同樣用「鶻蚌」而非「鷸蚌」。

17 以鐵環卸其口，原書之英文對照為：put an iron circle or bit in his mouth，在馬嘴安裝鐵環或馬勒。

然披掛上馬，懸弓插箭，隨帶獵犬一隊，威風入園。羣犬紛紛搜捕，大肆奔逐，所有花木為之踐踏一空。匠悔曰：「兔之為害一年，不若獵者一刻！悔無及矣！」

俗云：「因避蜂針，反被虎咬。」是也！

## 26.四肢反叛

一日，四肢會盟曰：「吾等四肢，日逐辛苦，所得之食，盡歸肚腹，氣甚難平；而且，肚腹並非有事，專待我輩之力。此後，我等誓不為他出力，看他如何！」於是，足蹺、手斂，寂然經旬，漸覺癯弱，甚至不能起動；而不知四肢之所以運用者，非心腹主之，不行也。心腹未傷，而手足先已死矣！

如世人不服官府者，此也。書云：「無君子莫治野人，無野人莫養君子。」即此之謂也。又云：「禍起蕭墻。」豈不惜哉！

## 27.鴉狐

鴉本不善鳴，一日，口啣食物，穩棲樹上。適有餓狐見之，欲奪其食，無以為法。乃生一計曰：「聞先生有霓裳羽衣之妙，特來一聆仙曲，以清俗耳，幸勿見卻！」鴉信為然，喜不自勝，遂開聲張口，其食物已脫落矣！狐則拾之，謂鴉曰：「將來有羨先生唱者，切勿信之，必有故也。」

俗云：「甜言須防是餌。」此也！

## 28.裁縫戲法

裁縫匠與變戲法者評論世事，匠曰：「我只會裁縫，別無所長，難以自護；何如足下，多才多藝，定自不妨。」戲者曰：「汝勿憂，吾將授汝方法。」遂將一二易學者教之。忽遇年歲饑荒，人民困苦，其戲法者，經旬不發市；而裁縫匠究係世所必需，尚能餬口。於是，戲法者反求於匠人！

俗云：「百藝無如一藝精。」是也！

## 29.洗染布各業

洗布與染衣，各不同道。一日，洗者與染者商議曰：「何不你我同事，豈不更為親密？」洗者曰：「你我不同道，不相為謀。原我洗布之後，雪白無瑕，一塵不染，豈知一經汝手，竟無一毫原色矣！吾已恨入骨髓，尚欲同事乎？」

孟子云：「矢人惟恐不傷人，函人惟恐傷人。」又何怪乎？

## 30.瓦鐵缸同行

昔大禹治水，泗淮騰湧，被水衝出瓦鐵二缸，漂流無主。其鐵缸謂瓦缸曰：「吾視汝體不牢，何不與我，一並同行？彼此相依，庶幾勿失！」瓦缸辭曰：「足下雖然好意，但剛柔不可並立，恐猛流一來，竟如以卵擊石，我身必當破矣！」

俗云：「軟硬難以並肩，強弱不可同事。」即此之謂也！

## 31.狐與山羊

狐過山邊古井，見其水甚清，渴欲飲之，遂聳身落井；飲畢，不能上。正在忙亂，忽有山羊經過，狐遂大聲羨曰：「真好水，甘而且涼。足下快來一試！」羊又聳跳入井，飲後亦不能上，狐曰：「足下有兩角，易於扳援，請伏於井傍，以身手作梯，使吾先上，然後援汝可也。」羊信而從之。狐則先上，羊曰：「快來援我！」狐曰：「汝之鬚甚長，何其智之短也？若得智如鬚一半之長，何難出此井乎？既無出井之法，不應遽自入井！請罷！請罷！」[18]

---

18 「請罷！請罷！」表示道別。原書之英文對照為：good-bye! fare-well!

可見：「經一事，長一智。」是也！俗云：「未算入，先算出。」又云：「未算買，先算賣。」不其然乎？

## 32.牛狗同槽

大荒山外，狗坐青草中，見牛來，欲嚙其草，其狗守而吠之，至有欲咬之狀。其牛嘆曰：「汝非要食此草，何不讓我食之？若遇兩須要食之物，豈肯讓哉？」

如世之守財奴，不利於己，無益於人。甚可鄙也！

## 33.眇鹿失計

靈囿中有眇鹿，逃出荒郊過活，惟恨自眇一目，不能左右關顧，勢必遭於獵人之手。於是，日夜尋思，忽得計，曰：「吾必向水邊尋食，將眇目臨於水邊，留此明目以觀動靜，庶免兩邊受敵。」迨後，但凡尋食，必由水濱。自以為萬全之策矣！一日，獵者偶乘小舟，過而見之，彎弓搭箭，應弦而倒，鹿悔曰：「平日所慮之處，反得無患；不慮之處，患反生之！」

如世人每每被害，皆出於自恃無妨，不可不慎也。

## 34.愚夫求財

昔有愚夫，貧居終日，不善謀生，惟供奉一財神，朝夕焚香跪懇，求賜金帛，餘無他事。久之，殊不見效，而且日貧一日，乃憤然起曰：「我已誠心日久，早晚祈禱，不為不恭，何以總不見賜？我若再求，亦無益矣！」於是，將神像毀破，其腹中果見金帛存然！愚夫笑曰：「怪不得俗語有云：『善財難化，冤枉甘心。』靈神尚且如此，而況於人乎！」

每見世人，再三善求，終不可得；及至逞兇勒搾，即得之矣。

## 35.老人悔死

昔有老者，背負重物，跋涉路途，辛苦難耐，不覺嘆曰：「閻君來！與我這老賤去罷！我亦不願生矣！」於是感動閻王，現形出眼，乃問曰：「汝請我來，何事？」老者駭然悔曰：「閻君果來，性命休矣！」乃跪告之曰：「我之所請，非有他故，不過求閻君，為我安妥背上之物，庶不致半途而廢矣！」

吾見世人，每遇難處之際，必曰：「我愿死矣！我愿死矣！」及其至死之日，彼又不愿者，多矣！

## 36.齊人妻妾

齊人有一妻一妾而處室者，其妻老而妾少，齊人在老少之間。其髮黑白間雜，而妻則常拔其黑髮，以存白髮，意謂與己同儔；妾則常拔其白髮，以留黑髮，以為良人尚壯，與己相配。未幾，竟成禿子。齊人自悔曰：「順得妻時，失妾意；若順妾時，妻又憎！使我左右兩難，奈何？奈何？終當自己受虧而已！可勸世人，切不可如我處境，恐悔之晚矣！」

## 37.雁鶴同網

昔有獵者，張網於林外，特為網雁鵝而設。一日，網得雁鵝一羣，其中有一白鶴。獵者不分雁鶴，皆欲宰之。鶴求曰：「壯士本欲雁鵝，我乃白鶴，豈可玉石俱焚？倘邀見赦，自當感德矣！」獵者曰：「汝雖不同道，而已入其隊中，安可免罪？」於是悉宰之。

如世人必須檢點，若與惡人同事，則難免於罪戾耳。慎之！慎之！

## 38.鴉效鷹能

飛禽中惟雄鷹最強，少有不被其害者。一日，於羊隊中攫去羊羔一口，適有烏鴉見之，自思曰：「鷹亦不過善飛，竟能擒一小羊！而我獨不能飛乎？」於是，效鷹所為，即於羊隊中，伸開兩爪，向母羊身上抓去，卻被羊毛將爪纏住，不能脫。適牧童來，見而執之，剪去兩翼，與小童豢之作戲，曰：「在鴉自視如鷹，而不知究屬一笨鴉而已！」

嗟呼！世人不自量力，而困其身如鴉者，可勝道哉！

## 39.束木譬喻

昔有為父者，臥病在床，將絕，眾子環聽吩咐。其父曰：「吾有一物，汝等試之！」遂擲木條一束，令其子折之，試能斷否。眾子如命折之，不能斷；父誨之曰：「汝且逐條抽出，次第分折，試能斷否！」於是，莫不隨手而斷。父曰：「我死之後，汝等不宜分離，合則不受人欺，分則易於折斷。此木足以為證矣！」

俗語云：「唇齒相依，連則萬無一失；若分之，唇亡則齒寒，無有不失也！」慎之！如以一國而論，各據一方者，鮮有不敗，反不如合力相連之為美也。

## 40.大山懷孕

郊外大山，高百丈，周圍數百里。一日，轟烈之聲，驚駭遠邇，俱以為怪，各自爭往觀之，環繞山外，卒無大異，惟一鼠走出，眾皆散去，笑曰：「高興來時，歸步懶！」[19]

俗云：「虎頭蛇尾。」正此之謂也！如世人每以大話為頭，使人常有大望，而不料歸根竟如毛髮，則了其事矣！

## 41.獵主責犬

曾有獵狗，常隨主人圍場打獵，百發百中，主人甚愛之，出於羣犬

19 高興來時歸步懶，原書之英文對照為：We certainly came with high expectations, and now we go home sadly disappointed! 意近於：乘興而來，敗興而歸。

之上。因其獵勤，以致牙枯嘴滑。一日於場上，捕得一鹿，被其掙脫，主人責以無用，鞭之。犬不服氣，乃對主人曰：「犬非故意賣放，犬之所恃者，牙也，皆因隨獵多年，所捕不可勝數；今已老矣，豈能如常！吾為主人用力，以致牙枯，主人不念其勞，而反責罵，犬實心有餘而力不足也，請恕之。」

如世人每以老僕頹邁，猶責其少年所為，是不諒情者也。

## 42.戰馬欺驢

昔有戰馬，威風自若，揚揚而來。見驢背負重物，躞蹶而行，遂以後腳踢之。驢則勸之曰：「足下英勇，雖非驢之所及，但各有前程，何必相欺！你能保永有今日之英雄乎？」說畢，其馬嘲笑而去。馬後因戰陣，既傷其目，又害其足，不能復上戰場，主人賣與商賈，為客馱行李。一日遇驢，乃自悔曰：「早知如此，何必當初！」

## 43.鹿照水

昔者有鹿，飲於溪邊，自照水影，見其兩角崢嶸，甚為自樂，惟恨四足輕小，頗不相稱，甚不滿意。正嘆恨間，忽聞獵者帶犬，自遠而來，其鹿急為奔避，幸得四足輕捷；獵犬追至，鹿則逃入竹林，奈被兩角阻撓竹上，欲進不能，卒之為犬所捕！鹿悔曰：「我尚恨其腳小，而誇其角長，不知救吾命者，腳也；喪吾命者，角也！」

如世人每速於所害[20]，而捨其所利者多耳。

## 44.雞抱蛇蛋

昔有雞母，於蛇窩上，抱其蛇蛋，將近成功。適有燕子過此，見而勸之曰：「雞嫂！你勿徒勞，此非善裔！你若為之，他日自當受害！」

---

20 速於所害，原書之英文對照為：haste with that-which-hurts，汲汲追求有害的東西。

雞因捨之。

如世人所說「養虎為患」是也！世上安得有如燕子，喚醒痴人；而從勸，有如雞母者，亦未之見也！

## 45.鼓手辯理

兩軍對壘，聞鼓聲則進兵，鑼聲則收兵，此戰陣之法也。一日，其軍大敗，鼓手被擒，將臨刑，鼓手乞命曰：「我非持械殺人者，不過在場擊鼓而已，殺人之罪，非我所當！」敵人曰：「你既膽小，不敢勇往向敵，而又催促他人，冒死入陣，更當殺之！」

如世人欲籌謀一事，先以危險自慮，不敢親身力為；又反聳動他人試其利害，自己倒得觀望，如鼓手之殺人，該得非刑，無赦也。

## 46.驢犬妬寵

凡外國風俗，無論男女，喜以小犬玩意，常置身上摸弄，寵同兒女。一日，驢見而妬之，自思曰：「犬與我同為獸類，彼得獻媚於主，而我獨不能乎？」於是，前蹄壓於主母[21]身上，欲作撒嬌之狀，主人嗔怪，即叱馬夫鞭之。是驢之不自量故也。

如世人果倚勢位可恃者，雖有小過，亦可作為玩意；若下賤之輩犯之，罪無可辭耳。為人自量可也！

## 47.報恩鼠

獅子熟睡於郊外，小鼠在旁玩跳，驚醒而戲之，獅隨以爪覆之，鼠不能脫，哀鳴爪下。獅念小鼠區區之體，殺之無益，不如捨之；鼠得免。後遇獅子，誤投獵者之網，勢不能脫，鼠念爪下之恩，遂將網嚙破，獅子始得脫身。

21 主母，主人的母親。原書之英文對照為：his Master’s mother。

如世所謂：「十二條梁，唔知邊條得力[22]！」又云：「得放手時須放手，得饒人處且饒人！」切勿輕視人小，誠恐今日之小人，是將來之恩人，亦未可定也！

## 48.蛤求北帝

蛤蚧安靜日久，各守各業，心常不足，喜動不喜靜，以為未有國王。於是，懇求北帝，選賜一王，以管眾蛤。北帝叱曰：「汝等安居自守，快樂無窮，尚不知足，而欲求一王以自束，何不智之甚！」蛤求再三，帝則以木塊擲之，其塘忽見響動，眾蛤駭然曰：「大王至矣！」各爭潛逃。少刻，見無大異，漸漸復上，各為恭敬；而陰察其所為，一無所用，乃慢之，集於木上而戲弄之。又復求於帝曰：「蒙賜大王，懦弱不振，吾等每欲換之，乞帝見許！」帝不耐煩，遂放長蛇落港，一到，則食去數蛤。眾蛤哇然，奔告於上帝，曰：「蛇王為害，不如無王！請去之！」帝曰：「始求一王，今既與之，何以又求請去？其好歹是你等自取之也！我已告誡你等如常，而你等必求更改，應受此害，無俟請也！」

如世人，本業安樂自如，還不滿意，以致弄巧反拙者，吾多見矣！

## 49.毒蛇咬銼

昔有毒蛇，沿入[23]鐵鋪，遇物即咬。適有利銼在前，蛇則纏而咬之，口觸銼齒，血滴可見，以為咬傷此銼，復再咬之。銼曰：「汝心太毒，不能害人，反害自己！」

如世有狼心者，常在暗裡，以言語譭人，而不知實自譭也！慎之！

---

22 唔知邊條得力，原書之英文對照為：We know not which is the strongest! 不知哪一條最強而有力。意謂強弱高下本來就不易區分。條，原書作「条」。

23 沿入，爬進。原書之英文對照為：crawled into。

## 50.羊與狼盟

自古狼羊結仇久矣，羊之所以不受其害，乃牧者常以獵犬護之，狼知犬勇，自忖非其敵手，而又以此羊不得充腹為恨。於是，媚於羊曰：「我等本來相好，父交子往，皆因狂犬，使我輩如仇！今我等雖受其氣，而足下亦未嘗不受其制也！何不告知主人，令去之？我等相好如初，豈不善哉！」羊信之，以後不與犬同處；狼則一鼓擒之，羊悔無及。

如世人每怨官府管束，不知一無官府，即為賊人所制，更有甚焉！

## 51.斧頭求柄

昔有斧頭，雖銳而無用，自思：「必得一柄，方可見用於世！」乃乞其樹曰：「先生賜我一木，不過僅為一柄足矣！他日自當圖報！」其樹自顧枝柯繁茂，何惜一柄？慨然與之。斧得其柄，所有樹林，盡被伐去。何其樹之愚哉！

如世人所謂「助虎添翼」，又云「遞刀乞命」是也！凡人必須各守其分，切勿尺寸與人。誠恐有如斧柄，則悔之晚矣！

## 52.鹿求牛救

昔有鹿，被逐於獵戶，四竄逃命，誤投窮巷，逼得奔入牛欄，哀懇眾牛曰：「先生救命！」牛許之，鹿曰：「獵戶逐我！」牛曰：「獵戶不到此處，汝且放心；惟是主人來，則不能保！」鹿則再求護法，牛曰：「汝且藏於隊中！」正言間，牧童來飼，止將糧食放下，回身便去，鹿遂得免。牛曰：「主人未來，汝勿喜！吾恐主人來時，汝必不能脫也！」少頃，主人果至，先數其牛，後驗其遍身，無一不週。於是，見有一鹿，扯出宰之。

如世間之事，主人未有不最關切者也！

## 53.鹿入獅穴

鹿因武士追迫，急不能脫，適見面前一穴，疾忙投入；殊料[24]！其中有獅在焉！獅心甚喜，不勞而得之。鹿臨死悔之曰：「前有獅子食我，後有武士追我，命該如此！倘武士得之，或不殺而養之，猶未可料也；今被獅食之，悔何及也！」

如因窮困而誤為犯法，以致身繫獄中，而不知更甚於窮困也！

## 54.日風相賭

日與風互爭強弱，兩不相讓，甚欲一較高下。忽見路上行人，穿著外套，忙奔而來，日曰：「妙哉！妙哉！你我各自稱大，未能分別；今來人身穿外套，你我各施法術，能使行人脫衣者為勝。」於是相賭。其風則先行作法，大颶突起，幾將行人外套吹落，行人以手護持得免。風既無計可施，及至日作法，雲淨天空，照耀猛烈，行人汗流兩頰，熱氣難當，只得脫下外套。是以日為勝耳！

如世人徒恃血氣之勇，多致有失；反不如溫柔量力，始得無虞！

## 55.農夫遺訓

昔有一農夫將死，眾子環跪乞言。農曰：「余一生耕種，藏有金窖於田畝之中。我死後，你等須速往挖，勿為他人所得，可也；餘無別囑！」少頃歸世。眾子爭往，各各動手，將所有之田，盡行掘過找尋，殊無金窖！而不知其力，已見功於田間矣。稼穡茂盛，又何異於金窖哉！農夫之意，已得解矣！

如我皇，封禁諸金銀山，正使民毋怠惰自逸，以成無用之民也，其意善且深矣！俗云：「能可自食其力，不可坐食其金[25]；食力無已時，

---

24 殊料，誰會料想到。原書之英文對照為：But who would have thought it!

25 能可自食其力不可坐食其金，「能可」，今一般做「寧可」。此句原書之英文對照為：It is better for a man to live by his active exertions, than idly to sit down and consume his wealth.

食金當有盡！」

## 56.狐鶴相交

曾有狐狸與白鶴，相交甚密。一日，狐設席相請，鶴則欣然赴席，所陳皆淺碟，碎饌稀湯，鶴因嘴尖，不利於啄；而狐則用舐法，瞬息間，肴核既盡，杯盤狼藉。鶴則告辭而返，深恨狐之薄待己也。翌日酬席，盡以玻璃罐貯酒食，鶴則甚適其嘴，而狐則抱罐舐之，終無一物到肚。榮辱之報，是狐自取之也。

故勸世人，不可自存欺人之心，猶恐反被人欺，何可說哉！俗云：「惡人自有惡人磨。」此之謂也！

## 57.車夫求佛

一日，車夫將車輪陷於小坑，不能起。車夫求救於阿彌陀佛，佛果降臨，問曰：「你有何事相求？」夫曰：「我車落坑，求佛力拔救！」佛曰：「汝當肩扛其車，而鞭其馬，自然騰出此坑；若汝垂手而待，我亦無能為矣！」

如世人急時求佛，亦當先盡其力乃可。任爾誦佛萬聲，不如自行勉力！

## 58.義犬吠盜

某富翁家畜一犬。一夜，羣盜入室，竊取細軟，其犬聞而嗾之，羣盜慌忙，即擲餌以飼之，冀其顧食而不顧吠也，犬辭之曰：「犬有監守之責，不敢圖哺啜也。如此所為，是賣主矣，非有益於我也！誠恐主人一失，則我獨何靠哉？斷不忍為此也！」

如世人有賄，令其僕背主者，切不可信！先壞其主，後及其身，理當然也。仍不可將我一生之聲望，委諸飲食之間為要！

## 59.鳥誤靠魚

大禹未治水之先，飛禽走獸，兩不相和，鬥無虛日。惟飛禽百戰百敗，絕無取勝之法，日夜焦躁。忽一日，老鴉獻策曰：「吾聞魚受獸欺，蓄怨於心久矣，何不遣一能言之士，說其結盟，彼此協力同心，則破獸必矣！」飛禽從其言，於是咨會魚王。王因積恨於心，每念獨力難支，今見咨文，欣然應允，約期舉事。彼此遂興大師。兩軍相會，忽見魚兵虫沿蟻步[26]，既不能飛，又不能走，竟是蠢物，安能與猛獸對敵乎？只得背盟而散。

吾見世人謀事，每每不計其幫手能否，妄為可靠；及至臨事，毫不能為。可觀魚兵為戒！

## 60.驢馬同途

賈人路上用驢、馬馱負包袱，日行千里。一日，其驢背負過重，難以速行，求其馬曰：「足下輕身取路，亦當憐我背負沉重，肯為我分力乎？」馬本小視於驢，每有輕賤之意，遂叱之曰：「馱負重物，是爾之本分，休得妄想！」驢故憤恨，又為負重所苦，遂死於半途。賈者剝其皮，并驢所負之包袱，一概繫馬身上，鞭之使行。馬悔曰：「早知如此，不如與其分任，不至今日之苦也！」

如世人每每吝力，不肯為人幫助，及至己身，悔之晚矣！

## 61.驢不自量

昔有驢，背負神像，在途經過，見者無不揖拜；是拜其神，非拜其驢也。無如，驢故愚蠢，以為人皆拜己也，乃辭之曰：「不敢當！不敢當！」有不能忍者，遂罵之曰：「人皆拜爾身上之神，非拜爾也，何不

---

26 魚兵虫沿蟻步，指魚軍士兵像蟲蟻般行動緩慢。原書之英文對照為：The Fish soldiers either rambled like reptiles, or crept like ants.

懂眼[27]至此！」

吾見世人，多有不自量者，或藉戚友威風，或藉囊中尚壯，傍人略加體面[28]，彼必自以為能。是不懂眼之可鄙也！

## 62.馴犬野狼

一日，馴犬遊行郊外，適遇野狼，乃故友也。於是，先敘寒暄，次談景況，狼稱曰：「足下一定納福，較前肥胖許多，而且春風滿面；可憐弟瘠瘦毛長，自形羞澀！足下究用何法，調養至此？」犬曰：「我主人常有肥甘飼我，自然較胖於前。汝若肯同我來，自當豐衣足食，與我無異。」狼則欣然從之，曰：「我到彼處，諸事生疏，求兄指點！」於是，面行面說[29]；忽見馴犬頸上，露出疤痕，狼急問故，犬曰：「我本性急，曾被主人鎖鑰，故此留有疤痕。」狼遂辭曰：「若如此，吾亦不敢從爾往也！寧可自甘淡薄，強若受制於人！」

豈不聞乎？「能為雞口，毋為牛後。」[30]正此謂也！

## 63.狼計不行

昔有豬母，生下豬仔一羣，撫育惟恐不足。適來一狼母，向豬母稱賀曰：「恭喜嫂子！育得多兒，未免忙碌，猶恐爾乳不足，妾將助爾分喂諸兒，豈不美乎？」豬母察其來意，言甜如蜜，其心不良，乃辭之曰：「諸小兒哪有此福！不敢有勞尊嫂，請離此處，愈遠愈佳！」狼知其計不行，遂去。

如世人，或遇口甜舌滑，格外美意者，必有別故，不可墮其術中。慎之！慎之！

---

27 不懂眼，即愚蠢之意。原書之英文對照為：be stupid。

28 傍人略加體面，意即旁人稍加讚美。原書之英文對照為：By-standers are content to award to them a certain measure of respectability.

29 面行面說，即邊走邊說。原書之英文對照為：talked as they journeyed along。

30 能為雞口毋為牛後，「能為」《戰國策・韓策》作「寧為」。

## 64.狼斷羊案

古有兇犬，具稟於狼，謂羊負伊穀糧數斛，總不肯還，求狼作主。狼則出差，將羊拏獲，訊曰：「爾欠某犬穀糧，日久不還，是何道理？」羊曰：「並無此事，乃狂犬誣告也！」狼問犬曰：「羊不肯招，爾有憑據否？」犬曰：「鷹、鵰皆可作證！」狼即傳來鷹、鵰，面面相質。鷹、鵰稱：「真事！羊欠犬糧，我等目擊，並非誣告。乞恩將羊按律治罪！」狼對羊曰：「現有鐵證，爾尚賴乎？」遂殺之。於是，原告之犬，與審事之狼官，並干證之鷹、鵰，「蛇蠍一窩」，共分其羊。

如世人，若有貲財，每招橫禍。又遇貪狼之官，原告如犬，干證如鷹、鵰，則不必望其秉公斷事矣！諺云：「象有齒，焚其身！」豈不然乎？

## 65.愚夫癡愛

昔有愚夫，家畜一貓，視如珍寶，常祝於月裡嫦娥曰：「安得嫦娥，將我家貓兒，換去形骸，變一美人，是余之所愿也！」由是，夜夜祈禱。嫦娥感其癡誠，姑將其貓，暫變美人。愚夫見之，喜可知也！於是，寵幸如夫妻焉。一夜，同臥帳中，嫦娥以鼠放入房內，美人聞鼠氣，疾起而擒之。嫦娥責之曰：「吾既托爾為人，自當遵行人事，何以復行獸性？」遂復，仍變為貓！

如世人，貪狡之徒，雖則暫行正道，一時財帛觸目，自然露出真形。俗云：「青山易改，品性難移！」正此謂也！

## 66.雞鴣同飼

曾有主人，家畜雄雞日久，復買一鷓鴣，同盂飼食。雞性獨剛，凡見鷓鴣來食，則啄逐之，鴣因受欺為甚，每不輸服。一日，見其兩雄雞，相鬥盂外，乃自解曰：「彼之同類，尚且不饒，而況於我乎？」自此不甚懷恨。

如世上兄弟，尚且爭競不了，而外人寧可望其厚待耶！

## 67.縱子自害

「棒頭出孝子，嬌奢忤逆兒；憐兒多與棒，憎兒多與食。」此古語也。

一家人生下兒子，從小姑縱，每事將就，不肯略施鞭撻。及長，無所不為，甚至時犯重法。執之，按律問絞罪！臨死時，乞絞手請其母來一別；母至，子曰：「吾有一要言相告！」母即側耳就聽，殊！其子忽然將母耳咬去！觀者譁然，曰：「這還了得，實為罕聞！」子曰：「眾勿嘩！皆因吾母，自小未曾約束，以致今日罹此大禍；使當初有過必懲，吾亦不至於此也！」為父母者，不可不慎！

## 68.指頭露奸

曾有獵士，逐一狐狸，沿山越嶺，其勢甚危，迫得竄入村庄，跪乞其庄主曰：「萬望暫容片刻，倘得免禍，自當重報！」獵士隨後亦至，狐則潛入草堆，見獵士問其庄主曰：「吾逐一狐狸過此，汝曾見否？」答曰：「狐狸已往東方去矣！」然其手仍在西方草堆，指之。口雖為狐方便，手則為狐請綁，幸而獵士失覺，奔往東方逐去，狐始從草堆走出，曰：「請了！請了！」不謝而去。庄主執其手曰：「吾救爾之性命，何以略不稱謝，就此而去，有是理乎？」狐曰：「汝之指，若早與口相符，吾當重重報謝；因爾之指，狡獪異常，非我之忘恩也！」

凡人好說謊話，不獨口中惟然也。

## 69.鴉欺羊善

烏鴉飛落，尋地而棲，見有馴羊在前，遂騎而戲之。羊曰：「老兄，何以將我之身上，為汝戲場？不過欺我純善！假使我是雄犬，汝尚敢戲我乎？」鴉曰：「原知爾性柔弱，是以乃敢所為；使爾苟有剛氣，吾亦不如是矣！」

俗云：「人善被人欺，馬善被人騎。」而況於羊乎？如世云：「雖則饒讓為高，然有時遇係霸道之輩，亦不可一味讓他！」誠恐讓無了日，不如及早較論之，為上也！

## 70.業主貪心

曾有佃戶，承耕業主之地，中有老樹一株，每年所出之果，佃丁擇其善者，先送業主，然後發賣。一日，業主嘗其果，格外甘美，遂起貪心，以為本係自己之物，不妨取歸，於是挖起，移歸園內。其樹易地而栽，根枯葉萎，業主乃悔之曰：「是我之過也！我若不移在此，每年尚得果嘗，今而後，不可復得矣！」

俗云：「貪心不一，連本俱失！」正此謂也！

## 71.杉葦剛柔

夾岸相映，一邊杉樹參天，一邊蘆葦點水，杉葦朝夕相見。一日，其杉譏誚其葦曰：「看爾骵[31]如柔絲，性如流水，每每隨風而舞，風東則東，風西則西，毫無剛氣，何如我之正直不屈，豈不快哉！」葦曰：「剛柔各有所長，吾雖懦弱，究可免禍；汝雖剛強，猶恐安身不牢！」一日，颶風驟起，其蘆葦左右掀翻，終無大害；而杉樹早已連根拔起矣！

諺云：「溫柔終益己，強暴每招災。」正此謂也！

## 72.荒唐受駁

余友人自小出外，曾經各國地方，也曾見過許多世面。及歸，盡述所見，多屬罕聞。一日，諸人在座，聽其所述，漸涉荒唐，但不敢面斥其非，因之愈述愈狂，曾說：「我於某處，一躍過河」等語，座中，有歷練老者，見其荒唐太甚，遂駁之曰：「此處亦有一河，汝果能一躍而

---

31 骵，同「體」。

過，方可往下說及；若不能，請即駐口[32]！」說者自知失言，不敢則聲[33]。

俗云：「說話少得實，說話多恐虛。」世間好說話者，當慎之！勿忽！

## 73.意拾勸世

加剌巴三千年前，國人未明道理，專好異端，而國法禁之最嚴，術士被拏者，驗有憑據，即殺之。一日，拏獲多人，正在繫縛手足，意拾過而問之曰：「此何為者？」眾答曰：「此乃術士，今將試之：將其溺於池中，浮水者，則為術士，當焚之於火；沉者，則為良民，即捨之以歸。法之善，莫過於此！」意拾曰：「惡[34]！是何法哉！夫如是，所獲者無一生命[35]矣！浮者死於火，沉者死於水，均一死也！不如莫驗！」

如世上暴虐之官，往往不審虛實，動以刑法求招，甚至傷殘肢體。招者則死於律，不招則死於刑；苟不致斃命，而傷肢體，能為之復原乎？不可不慎也！

## 74.野豬自護

野豬常在樹下，磨有兩齒，以備不虞，狼見而問曰：「汝常在此磨牙，當此太平盛世，欲何為哉？」豬曰：「汝何不智若此！吾想獵狗來時，倉皇之下，尚能磨牙應敵乎？不如早為之，所也[36]！」

## 75.猴君狐臣

一日，各獸羣聚一處，各道所長，以爭王位。獅則自稱力大，象則自認多謀，狐則久稱慧智，馬則恃其功高，於是，各有所長，不相上

---

32 駐口，張赤山輯《海國妙喻》作「住口」。
33 則聲，作聲；出聲。原書之英文對照為：utter a sound。
34 惡，同「呃」，表驚訝的語氣詞。原書之英文對照為：oh!
35 無一生命，沒有一個能活命。
36 所也，所以我現在才這麼做啊！原書之英文對照為：as I am now doing。

下。末後，來一獼猴，跳舞怪異，靈變百出，對答如流。於是，各獸推之為王，惟狐頗不輸服[37]，以為猴子小技，何足以當至尊？於是，詭賺之曰：「大王在上，小臣有事啟奏。現在某處，有金一窖，必得大王親往，方可取也！」猴以為然，即從狐往，見有生菓，貯於籠內；猴不能忍，伸手取之，殊！被鐵籠脫闗，將手壓住。猴罵曰：「狐乃奸臣，必須見罪！」狐曰：「我非奸臣，汝乃昏君！一手尚不能保，能為各獸王乎？」

諺云：「位高者危！」是也！

## 76.牧童說謊

牧童受主人囑咐，看守羊羣，以防狼至。牧童常呼狼至，以為頑意；主人奔出，卻是牧童說謊，如是數次。後果有狼至，牧童叫救，主人又疑其說謊，是以不出，羊則為狼盡食。

勸世人不可說謊，有真事則當誤矣！

## 77.人獅論理

一日，獅與人同論，各自稱大，不肯相讓。人則指一石像，腳蹈獅子，曰：「爾看！豈非人大乎？」獅曰：「不然！吾謂獅之爪下，不知埋沒多少人也？蓋人能塑像，而獅不能也；使獅能塑像，彼亦必塑獅之在人上也。」理之當然，何足怪哉！

## 78.鼠防貓害

鼠受害於貓久矣！一日，羣鼠聚議曰：「吾輩足智多能，深謀遠慮，日藏夜出，亦可謂知機者矣！無如，終難免貓之害，必須設一善法，永得保全，庶可安生矣！」於是，紛紛獻策，多所不便。乃後，一

---

37 惟狐頗不輸服，原書之英文對照為：Only, the Fox was not altogrther willing to submit to this arrangement. 不輸服，意即不服氣。

鼠獻曰：「必須用響鈴，繫於貓頸；彼若來，吾等聞聲，儘可奔避，豈不善哉！」眾鼠拍手叫妙，曰：「真善策也！」於是，莫不忻然，各以為得計。其中有不言者，眾問之曰：「汝不言，寧謂此法不善乎？」曰：「善則善矣，而不知持鈴以繫其頸者，誰也？請速定之。」由是，眾鼠面面相覷，竟無言可答。

如世人，多有自以為得計者，及其臨事，終不能行。吾多見矣！

## 79.星者自誤

余於市鎮之上，見有賣江口之星相[38]，論人前後事，了如指掌，於是引誘多人，聽其斷論。內有智者，知其盡屬虛浮，故意驚賺[39]曰：「先生尚在此處說法乎！汝家被劫，徬惶尋爾！」星者聽之，盡棄所帶什物，空身跑回。一老者止之，而執其手曰：「勿忙！勿忙！吾且問爾：爾既能知人過去未來，又知人之禍福，何不自知若此？」星者始覺人之賺己也。

如世人，每每不顧前後，混說無稽，可觀星者為誡！

## 80.鰍鱸皆亡

鰍為鱸魚之賊，每見鱸魚，便追而咂之。一日，鱸魚被逐，其勢甚危，只得奮身聳上沙灘；鰍隨後至，亦聳上灘。於是，各難展轉，非同水上之活動也。鱸雖倦，而鰍亦憊矣。鱸曰：「今我雖死，亦得甘心無憾！爾亦不久將歸世矣！」

如世人，知進不知退，如鰍之所為者多矣，故擇此以醒之；又如世人，得洩其恨者，死且瞑目也！

---

38 見有賣江口之星相，原書之英文對照為：I saw one of those Astrologers, or Physiognomists, who deal in lies and nonsense. 賣江口，指憑藉三寸不爛之舌營生。

39 賺，欺騙。原書之英文對照為：humbugged。

## 81.老蟹訓子

小蟛蟹遊於岸畔，成羣逐隊，左右橫行，老蟹見而罵之曰：「汝這小子，不行正道，俱屬橫行，寧無懼乎？」眾小蟹覆曰：「吾等所為，悉遵父母行儀，休得見怪！」老蟹被駁，尋思自省，果皆橫行，由是，不敢則聲。

俗云：「其身不正，雖令不行！」此之謂也。如今之官府，往往出示，誡人為善，而彼之身，恐亦未嘗為善也！一笑！

## 82.真神見像

昔有一縣城，城中人物頗眾，男女皆信奉神，是以，建立廟宇甚多。其中有侯王廟，日久年殷，少人祭祀。是日，侯王閒暇，無以消遣，踱出通衢散步；只見舖戶生意紛紛，偶然，瞥見有神像舖。侯王信步而入，遍視各像：慈悲、勸善，一一俱齊，己像亦在其內。於是，先指幾位，詢訂價錢，有取十數者，有取百數者，其價不等。後詢及己像，店主云：「這位不必問其所值，但尊駕買了那幾位，我當將他送上！」侯王道：「均是神像，何以他就不值錢？」答曰：「尊駕有所不知，諸神皆靈，有求必應，惟這位乃無靈之物，是以不值甚麼了！」侯王聞言，紅漲了臉，忿忿而去。

世俗所謂：「不自量者，自取其辱！」有如此也！

# 二、
# 海國妙喻

赤山畸士[1]彙鈔

## 序

自來聖賢之教，經史之傳，庠序學校之設，《聖諭廣訓》[2]之講，皆所以化民成俗，功在勸懲。無如人聞正言法語，輒奄奄欲睡，聽如不聽，亦人之恆情；曷若以笑語俗言警怵之、激勵之，能中其偏私、矇昧、貪癡之病，則庶乎知慚改悔，勉為善良矣！

昔者希臘國有文士名伊所布，博雅宏通，才高心細，其人貌不颺而善於詞令，出語新而雋、奇而警，令人易於領會，且終身不致遺忘；其所著《寓言》一書，多至千百餘篇，借物比擬，敘述如繪，言近指遠，即粗見精，苦口婆心，叮嚀曲喻，能發人記性，能生人悟性，讀之者賞心快目，觸類旁通，所謂：「道得世情透，便是好文章。」在西洲久已膾炙人口，各以該國方言爭譯之。其義欲人改過而遷善，欲世反璞而還真，悉貞淫正變之旨，以助文教之不逮，足使庸夫傾耳，頑石點頭，不啻警世之木鐸，破夢之晨鐘也！

近歲經西人士繙以漢文，列於報章者甚夥。雖由譯改而成，尚不失本來意味，惜未彙輯成書。余恐日久散佚，因竭意搜羅，得七十篇，爰手抄付梓，以供諸君子茶餘酒後之談，庶可傳播遐邇，藉以啟迪愚矇，

1 赤山畸士，張燾之自號。以「畸士」為號，當與利瑪竇著《畸人十篇》以「畸人」為名，同樣取義於《莊子・大宗師》：「畸人者，畸於人而侔於天。」
2 《聖諭廣訓》，清康熙皇帝所撰十六條「聖諭」和雍正皇帝對此所做萬餘言演繹闡釋的合刊本，每逢朔望，軍事將領及地方官員，要分別向士卒百姓宣讀、訓示。

於懲勸一端，未必無所裨益；或能引人憬然思、恍然悟，感發歸正，束身檢行，是則寸衷所深企禱者也！幸勿徒以解頤為快焉，可耳！是為序。

光緒十四年[3]，歲次戊子天中節[4]，赤山畸士謹識於紫竹林之致知講會

錢唐張燾[5]

## 1.蠅語

人心不古，世道日非，東西皆然。適有歐洲儒士某某，欲設曲喻罕譬以規諫之、善誘之，冀挽澆薄之風。正在據案凝神，執筆搆思，忽聞營營小聲；舉目視之，則見眾蠅飛止窗間。俄有一蠅從外飛入，見眾蠅閒敘，遂罵曰：「爾等胡為飽食終日，無所用心乎？」

眾蠅笑曰：「子亦遊蕩之徒耳！何責我為？」蠅曰：「余適從學塾中來，何云我亦遊蕩乎？」眾不之信，蠅即以口吐墨為據。

眾蠅曰：「噫！子雖從學塾中來，亦曾聞古之學者果何事乎？吾輩聞：古之學者，首敬天，次孝親，以致五倫敦、百行修。凡事，務求躬行實踐，未聞徒以墨飽口為學也；況子之口所吐者，尤屬當今爛臭墨乎！竊恐為明公掩鼻捧腹所深惡也！」蠅聞之，無愧色，悻悻以去。

## 2.踏繩

意大利有婦人，為踏繩之戲頗精，習之者莫能出其右。一日，於場中演諸技，婦人手持一竿，兩端重而中輕，以顫以襯，前行倒走，飄飄然如蝴蝶驚風，如蜻蜓點水，觀者稱賞不絕。婦人忽大言曰：「是不足奇，吾輩能為此者，恃有竿耳；試看舍竿以戲！」竿舍而人撲，已面青唇赤，呻吟不絕矣！

---

3 光緒十四年，即西元1888年。
4 天中節，端午節的別稱。
5 原書序文末蓋陰刻篆文方印。錢唐，縣名，秦置。至唐避國號，加土為塘，故今作「錢塘」。

噫嘻！竿固童而習，未嘗一日離者也！如百工之有規矩然，舍之，則無以成其事；如生人之有禮義然，舍之，又何以立於人世哉！

## 3.守分

某富商宅第，其西偏有小圃，雜植花卉，桐亦孤峙其中。一夕，月明如晝，清風徐來，羣卉曰：「余等方始爛熳，奈主翁遠適，賞識無人，徒自爭妍鬪麗於蟬琴蚓笛之間，殊深寂寞；況商飆一起，萎謝難留，知音尚渺，渴思悠悠！」

孤桐俯應曰：「子言是也！亦願聞吾懷乎？吾自根移金井，廢置荒苔，邇日琴材未就，儀鳳何來？終偕腐草同摧，可不悲哉！」言既，相向咨嗟。

雁來紅[6]從旁慰之曰：「爾等休矣！奚事怨嗔？升沉遭際，悉有原因：花以嬌妍而難久，桐緣孤僻而無鄰；反不及我，本色秋陳，老而復少，涵養天真。居易自樂，又何羨乎超倫？安常守分，佳境遄臻。經霜愈健，晚景則勝於青春！」桐、卉歎服，各各首肯而分襟。

噫嘻！老少年其明心見道者乎？何其言之衷乎理也！

## 4.鼠防貓

鼠受害於貓久矣。一日，羣鼠[7]聚議曰：「吾輩足智多能，深謀遠慮，日藏夜出，亦可為知機者矣！無如，終難免貓之害，必須設一善法，永得保全，庶可逸然安生矣！」於是，紛紛獻策，皆格碍難行。乃後，一鼠獻曰：「必須用響鈴繫於貓頸，彼若來時，吾等聞聲，盡可奔避，豈不善哉！」眾鼠拍手叫絕曰：「真善策也！」於是莫不欣然，各以為得計。

---

6　雁來紅，一年生草本植物，莖葉穗子並與雞冠同，其葉九月鮮紅，望之如花，故名。吳人呼為「老少年」，故下文有「老而復少」、「老少年其明心見道者」之語。

7　羣鼠，原文作「羣貓」，據書後之「正悞」訂正。

其中有緘默不言者，眾問之曰：「汝不言，寧謂此法不善乎？」曰：「善則善矣！但不知持鈴以繫其頸者誰也？請速定之！」由是，眾鼠面面相覷，竟無言可答，徒喚奈何！

噫！坐而言者，不能起而行，誠可恨而亦可憐！

## 5.犬慧

某富翁家蓄一犬，飼養週備，體恤入微。一宵，羣盜入，遂爾嘵嘵。盜投以餌[8]，犬辭之曰：「吾雖犬屬，亦知大義，既蒙主德，撫養終身，即忠勤將事，尚多抱歉；何得苟圖哺啜，負監守之責？賣主順賊，喪盡天良，人將焉用彼犬矣！且爾亦有犬，食爾之祿，不顧爾事，私受苞苴，爾其願之乎？況爾黌夜入人家，其心叵測，安知餌中不有毒乎！忘恩負義，吾決不忍為，請勿妄想！」

於是，裂眦相向，挺身前往，舞爪張牙，咆哮狂噬，大有勢不兩立之狀。主翁驚覺，盜亦遠颺；犬則歸臥，毫無伐色云。

噫嘻！主人有失，我將何賴？豈可將我一生之聲望，委諸飲食之間？其不受賄囑也，誠慧矣哉！

## 6.救蛇

曠野外，有冰僵垂危之蛇，臥於草中。適農夫過而動憐，急取而懷之；其蛇得暖復元，即就其胸中咬之。農悔曰：「救得彼命，失卻己命，何其愚哉！」

原毒物之不當救也，曾聞：「養虎貽患。」其不然乎？誠哉！「江山易改，性格難移。」非妄言也！更可知，施惠行仁，亦當要有知識，勿以婦人之煦煦為仁，勿效「細人之愛人也以姑息」[9]！

---

8 盜投以餌，《晚清文學叢鈔・域外文學譯文卷》作「盜餌以肉」。
9 《禮記・檀弓上》：「君子之愛人也以德，細人之愛人也以姑息。」

## 7.狐鶴酬答

曾有狐狸與白鶴，相交甚密。一日，狐設筵相請，鶴則欣然赴席，見所陳皆淺盤小碟、碎饌稀湯。鶴因嘴尖，不利於啄；而狐則用舐法，瞬息間，餚核既盡，杯盤狼藉。鶴則枵腹，告辭而返，深恨狐之薄待己也。

翌日酬席，盡以玻璃瓶罐貯酒漿、果品、魚肉。鶴則甚適其口，而狐乃抱瓶罐舐之，徒聞芬馥噴鼻，鮮豔奪目，竟無一物遂其朵頤也。

噫！顧己不顧人，欺人即欺己。榮辱之報，是狐自取之耳！

## 8.賊案

波斯國例，拏獲賊犯，罪當論死。昔有盜賊，破案審實，禁錮囹圄，處決有期矣。其賊謂獄卒曰：「予有寶石一方，得之異域，種於地下，能生金無盡。予死後，此寶失傳，子盍為我轉達於王，庶不負寶石之奇也！」獄卒以其言上告於王，王喜出望外，隨即率領卿相、戶部大臣、掌教首領，欣然往獄中，謂賊曰：「爾果有寶石，種之能出金乎？」

賊曰：「然，第欲種此石，必須終身未作賊者，方可出金；否則，種之無驗也！王可種之乎？」王曰：「予幼時曾竊王父金銀，以供揮霍，未可種也！」問之卿相，對曰：「臣於偷竊一事，不敢自信必無，臣不能種也！」問之戶部大臣，對曰：「國中錢漕，悉歸臣手，縱非有心侵蝕，然難免有時移挪舞弊，恐種之亦無益也！」問之管教首領，對曰：「教會中捐款公項，臣董其事[10]，牽蘿補屋，染指於鼎，久假不歸之舉，愧不能免。臣若種之，恐於事無濟，金於何有哉！」

賊聞之，頓足歎曰：「天乎！冤哉！賊情如此之多，而皆無罪，何予一人當論死乎？」王笑而赦之。

嘻！由此觀之，孰能無過？誰是完人？

---

10 董其事，管理、負責捐款之事。董，管理。

## 9.二鼠

村落中有二鼠，本屬親誼。一在京師過活，忽一日，來村探舊。村鼠留而款之，所出之食，粗臭不堪。京鼠曰：「汝居無華屋，食無美味，何不隨我到京，以見世面？」村鼠欣然同往。及到京，果然使用皆異。

一日，二鼠同酌，欻[11]來一雄犬，幾將村鼠攫去[12]，相顧大駭，因問曰：「此處常有此害乎？」曰：「然。」村鼠辭曰：「非我之福也！與其徬惶而甘旨，孰若安靜而糟糠！」

俗云：「寧食開眉粥，莫食愁眉飯。」與其富貴多危，莫如淡泊自樂之為愈也！

## 10.學飛

古時，有千歲龜，徘徊於青山綠水之間，侶魚蝦而友麋鹿，意甚陶然。偶一舉首，瞥見蒼鷹振翼扶搖，翱翔萬仞，甚為希奇，中心豔羨，乃謂之曰：「先生可謂真神仙矣！腋間風起，足下雲生，雖十洲三島，一任遨遊；可憐吾身高不滿寸，終歲匍匐，較之先生，何止霄壤[13]之別！請將沖舉之方授我，則感銘無既！」鷹答曰：「飛潛動植，各有所長，莫能相強，是非汝所能也！汝必欲雄飛，非徒無益，而又害之！」

無如，龜懇求再四，鷹勉從所請，只得以爪提其尾，飛上天空，乃曰：「我且放汝，當試行之，果能飛否？」遂張其爪。龜自高跌下，飄忽不能自主，砉然一聲，墜於石上。嗚呼哀哉！身成齏粉矣！

可見物各有品，人各有分，如事不量力，危害不淺。俗云：「飛不高，跌不重。」是也！

---

11 欻，同「欻」，忽然。
12 攫去，《晚清文學叢鈔．域外文學譯文卷》作「攖去」。
13 霄壤，原文作「霄壞」，據書後之「正悞」訂正。

## 11.喜媚

鴉之為物，本不善鳴。一日，口啣食物，穩棲樹上；適有餓狐見之，欲奪其食，無以為法，乃心生一計，曰：「聞先生有霓裳羽衣之妙，特來一聆仙曲，以清俗耳，幸勿見卻！」鴉信為然，喜不自勝，遂開聲張口，其食物已落；狐則拾而啖之，仰謂鴉曰：「將來有羨先生歌唱者，切勿信之，必有故也！」

俗云：「甜言須防是餌！」又云：「言甘者，其誘我也！」

## 12.忘恩

盤古時，有豺食物過急，骨鯁於喉，不能出[14]，無可救，自思：「必須鶴嘴方可。」乃懇其鶴曰：「先生其嘴甚長，弟受骨梗之患[15]，求先生貴嘴，向喉一拔，自當重報。」鶴則如其所請，即拔救之，曰：「謝我之物安在？」豺曰：「汝得脫身，已屬萬幸，猶望謝乎？若再多言，是欲為吾腹中物也！」

俗云：「過橋抽板，得命思財。」正此之謂也！

## 13.求死

昔有一翁，年逾古稀，家貧無後，日往山中，拾取枯枝，負市喚賣。一日，經過崎嶇，不堪跋涉，乃委柴於路側，喘息而歎曰：「生而如此受苦，不如死之為安！閻君！閻君！胡不速來收我老朽乎？」言未畢，閻君已遣鬼卒，現形立於前。老翁大駭，自思：「鬼卒之來何速！我命休矣！」[16]

鬼卒問曰：「汝喚我何為？」翁詭曰：「請君非爲別事，只因柴捆

14 不能出，《晚清文學叢鈔．域外文學譯文卷》作「不能下」。

15 骨梗之患，《晚清文學叢鈔．域外文學譯文卷》作「骨鯁之患」。

16 「鬼卒之來何速！我命休矣！」《晚清文學叢鈔．域外文學譯文卷》作「鬼卒之來何速也，命休矣！」

太重，脫卸於地，請君助我上肩，則感德無暨[17]矣！」

此如世人，每遇艱難，必有求死之心；及至死到臨頭，則又貪生怕死矣！大抵皆然，何獨此翁哉！

## 14.金蛋

聞有人，蓄一牝雞，日產一金卵，其人欣喜非常，貪心頓起。竊疑：「既產金卵，腹中自必纍纍無算！」於是，剖而視之，空空如也，了無他異。因懊喪欲死云。

大凡天下慳吝之徒，欲財之速得，反至弄巧成拙。彼谿壑難填，急欲求富者，盍鑒諸！

## 15.肉影

聞有無主之犬，隨處掠物為生。一日，飢火中焚，計無所出，浪遊街市，以伺其便。適一家備子婚筵，竊入廚房，冀充一飽。幸遇廚師盹睡，遂偷肥豚一方。顧念：此間攘往熙來，諸多不妥；未若踱過板橋，臥草中而安享之！

正至河中，忽見其友來自橋下，口中啣肉，較己偷者碩大無朋，鮮豔出眾！羨慕之下，友誼頓忘，奸圖飈發，務苟得之；勇往奪之，口啟肉墮，己亦隨之，幾遭滅頂。方悟為肉之影也，悔何及之！

## 16.柔勝剛

日與風互爭強弱，兩不相讓，甚欲一決雌雄。忽見路上行人，穿著外套，忙奔而來。日曰：「妙哉！妙哉！爾我各自稱雄，未分高下，今來人身穿外套，爾我各施法術，能使行人脫衣者為勝！」於是相賭。

風則先行作法，大颶突起，欲將行人外套吹落；行人以手護持，終

---

17 感德無暨，即感激不已。暨，已。

不脫卸。風法既無可施，及至日作法，雲淨天空，光耀猛烈，行人汗流兩頰，熱氣難當，只得脫下外套。是以日為勝耳。

可見剛強不能服人，和平自足感物！如世人，徒恃血氣之勇，多致有失，反不如溫柔量力之為勝也！

## 17.蟲言

時值冬季，天氣嚴寒，霜飄雪緊，冷氣侵肌。有蟻國君臣，及其黎庶，先時操作，積聚餘糧，千倉萬箱，不計其數。斯時也，可以安居窟室，無慮顧憂。

乃有蟋蟀氏者，幾經盛暑，度過秋光，遇此風霜凜冽，霰雪霏微，不覺飢寒交迫，殘喘難延。既無障身之具，安望果腹之資。不得已，匍匐中途，至蟻國居民，扣扉告貸，下心抑志，羞色堪憐。求棲身於宇下，乞殘滴於杯中。

蟻氏啟扉而語曰：「異哉！爾之不恥實甚！胡不早圖自謀家室，預積倉箱，以備不虞；今乃轉叩人戶，效昏暮之求耶？」蟋蟀悵然曰：「惜乎！悟已往之不諫，或來者之可追。回憶午夜風清，我則唧唧，或在堂，或在室，伴騷客之清吟，助幽人之離歎；更當秋色清華，或吟風，或弄月，間[18]旅人之殘夢，動閨閣之愁思。樂意陶陶，揚揚自得，又何暇計及後來之歲寒日冷哉！」

蟻氏哂而言曰：「我國君臣，有一定例：凡於夏日及時行樂，不為勤儉計者，冬月必作餓殍，理所然也！凡我眾生，既無求於人，又安肯假與人也哉！君請他適，無擾我圉！」

## 18.鹿求牛救

昔有鹿，被逐於獵戶，四竄逃命，誤投窮巷，逼得奔入牛棚，哀

18 間，《晚清文學叢鈔．域外文學譯文卷》作「問」。依上下文看，此處為間斷、打斷之義，故應為「間」。

懇眾牛曰：「先生救命！」牛許之。鹿曰：「獵戶逐我！」牛曰：「獵戶不到此處，汝且放心；惟是主人來，則不能保！」鹿則再求護法，牛曰：「汝且藏於隊中！」正言時[19]，牧童來飼，止將糧草放下，回身即去。鹿遂得免[20]。

牛曰：「主人尚未來，汝勿喜！吾恐主人來時，汝必不能脫也！」少頃，主人果至，先數其牛，後驗其遍身，無不週到。於是，見有一鹿，曳出宰之。

知世間之事，最關切者莫如主人。

## 19.喪驢

昔有一磨麪鄉民，與其子驅驢，赴市售賣。行至中途，遇婦女數人，談笑而來，見其父子策蹇行，笑之曰：「世間有此愚人乎！空其驢背，而自甘跋涉之勞！」鄉民聞言，令子乘之，己則蹀躞於驢左。

行數武[21]，又遇老者聚談，見其子騎而父驅，一老者叫曰：「古人言：『子不孝順，勞苦其親。』今益[22]信矣！不見少者乘坐，而老者奔波乎！」即斥其子曰：「爾實懶惰無禮！何不下而奉父騎之？」其父遂命子下，而自乘之。

又未數武[23]，遇一羣婦孺，嬉笑於道周，見其子在後馳逐，笑之曰：「看此老，殊不近情！爾子幼年孱弱，安能與驢並驅！何不使之同騎乎？」鄉民不敢違，乃父子並騎之。

將近市，遇一客，問之曰：「驢係爾自有耶？抑借諸人耶？」曰：「吾自有之。」曰：「我謂爾必借諸人者；如係自有，則未有若此勞之者也！與其使小驢載爾父子，而力不能勝，何若爾父子抬驢，豈不

19 正言時，《晚清文學叢鈔・域外文學譯文卷》作「正午時」。
20 得免，《晚清文學叢鈔・域外文學譯文卷》作「得意」。
21 行數武，走沒多遠。步，長度單位。《國語・周語下》：「不過步武尺寸之間。」注：「六尺為步，半步為武。」
22 益，《晚清文學叢鈔・域外文學譯文卷》作「果」。
23 武，《晚清文學叢鈔・域外文學譯文卷》作「步」。

力能勝之也！」

鄉民復阿其意，與子縛驢而舁之。行至市橋，市人見老小舁一驢來，羣起而觀，擁背挨肩，人聲閧然。驢見之而不受縛，悉力掙扎，繩忽斷，竟墮橋落水，弗可撈救。鄉民垂頭喪氣，攜子空回，自恨曰：「予好隨人言，終未得人歡，徒喪吾驢，今而知人言之悞我也！」

噫！世之耳軟心活，胸無成見，畏首畏尾，毫無決斷者，當以此老為鑒！

## 20.覓食

野豬遊行於柿樹下，得爛柿而食之，日以為常。一旦無風，柿不下落，豬復尋之，不可得，哼哼而怒[24]，以嘴掘土，宛如溝壑，遍覓亦不可得。豬本蠢物，思柿由地而生，不知柿在樹上，而不在地下也。

噫嘻！嘗見世人，雞鳴而起，孳孳為利，風塵奔走，不遑暇食，每求財於地，殊不知財出自天也！語不云乎哉：「富貴在天！」

## 21.二賢

有崇奉古教者甲乙，兄弟也。性[25]皆愚，而篤信彼教甚專，日數往禮拜寺念經、作功德以為常；此外，一事弗省也。

一日，弟兄[26]又往寺持誦[27]。寺固有棚，適當匠作補綴，時有數繩下垂，為風搖曳，偶觸甲面。甲心在持誦，遽被繩拂，經典頓忘。憤極，遷怒於匠人無知，撓亂吾儕公事，勢必少割其繩，使之不能適於用，方足以釋憾。繼思少割其繩而釋憾，其識淺，且非學道人所為，若不全繩割盡而留之，擾及他人，其貽患大。於是，取佩刀枚銜之，而以

---

24 哼哼而怒，《晚清文學叢鈔・域外文學譯文卷》作「哼哼而怒」。
25 性，《晚清文學叢鈔・域外文學譯文卷》作「惟」。
26 弟兄，《晚清文學叢鈔・域外文學譯文卷》作「兄弟」。
27 持誦，《晚清文學叢鈔・域外文學譯文卷》作「誦經」。

兩手挽繩，猱升以上。至盡處，一手挽繩，一手奏刀[28]，繩立斷，人無所繫，隨繩墜，一落數丈。幸其下有拜墊，不然傷肢骨、捐生命，均所不免。臥昏地上時，握繩猶自若也。

其弟乙旁睇所為，不盡[29]撫掌大笑曰：「何為若是愚而又愚之甚也！試看吾割繩，足以鑒兄之謬，而益兄之智！」因亦持刀如兄上升。比升至盡處，乃不從執繩之手上割，而下割之。繩飄然落，而人飄然懸不上不下之間，生命之危迫，更有甚於下墜者矣！其兄亦從旁大笑不止，曰：「爾笑我愚之甚，今見爾愚更甚於我者矣！」乙此際耳無聞，目無見，惟號救不絕。幸有匠人來，引梯而下之，乃得脫阨云。

噫！此二人之愚，無論矣！然世之類此者，正復不少！有取長梯登臺，拾級而上，比得置身青雲，則將當日之梯我者，排擠而傾側之，此則辜恩之大者；又有藉一線繩索以登者，初何嘗不重仰賴繩而思圖報繩，及至高據顯要，勢必割繩以自逞。此又甘心負義，為罪有不可逭者，不又出於下墜者之下耶！

世[30]更有聰慧自雄，見人之為，悉謂過愚；及其自為，則又不過寄身繩上之智耳！安知自以為智者，其愚之不可及也！

## 22.納諫

雞伏蛇卵，功將成，燕姑過訪，見之，曰：「雞嫂，雞嫂！勿自苦勞！此非善類，性多奸狡。及其長成，勢必恩將讐報！恐爾苗裔，受累不少。那時悔之，得無欠早？是宜速省，以免後來悲悼！」雞遂大悟，棄而歸。

---

28 奏刀，《晚清文學叢鈔．域外文學譯文卷》作「劃刀」。
29 不盡，《晚清文學叢鈔．域外文學譯文卷》作「不禁」。
30 世，《晚清文學叢鈔．域外文學譯文卷》作「是」。

## 23.人獅論理

一日，獅與人同行，各自稱大，不肯相讓。人則指一石像，腳踏石獅，曰：「爾看！豈非人大乎？此其明徵也！」獅曰：「不然！吾謂：獅之爪下，不知埋沒多少人也！」

噫！列公可想而知，蓋人能塑像，而獅不能也；假使獅能塑像，彼亦必塑獅之在人上也。理有固然，人有何足奇哉！

## 24.斧頭求柄

昔有斧頭，雖銳而無能為[31]，自思必得一柄，方可見用於世。乃乞其樹曰：「先生賜我一木，不過僅為一柄足矣。他日自當圖報！」其樹自顧枝柯繁盛，何惜一柄？慨然予之。斧得其柄，所有樹林盡被伐去。何其樹之愚哉！

如世人所謂：「助虎添翼」，又云：「遞刀乞命」、「太阿倒持」是也！故當量材器使[32]，慎勿以尺寸假之小人，誠恐有如斧柄者，則悔之晚矣！

## 25.多慮

某地鄉民有小女，年甫十齡，而生性善憂，見事每作遠慮，恆終日戚戚，顰眉淚睫，大有老人情態，人因名之曰「多慮」。

一日，其父將延客，令多慮赴肆[33]行沽。久之未返，遣人往尋。方抵門，則見多慮坐閾上慟哭，又見門楣懸鐵斧一柄。其人不解，因近問[34]：「曾沽與否？何故傷懷？」多慮含涕對曰：「頃我出門時，忽覩此斧懸諸門楣，恐其傷人；繼又思吾出嫁生子，幼弱來此，設值斯斧落

31 雖銳而無能為，《晚清文學叢鈔．域外文學譯文卷》作「柄脫而弗能為」。
32 器使，《晚清文學叢鈔．域外文學譯文卷》作「使器」。
33 赴肆，《晚清文學叢鈔．域外文學譯文卷》作「赴市」。
34 近問，《晚清文學叢鈔．域外文學譯文卷》作「前問」。

下，恐即喪命。是以感觸於中，不禁慟哭流涕，忘其所以，殊未憶及沽酒也。」

嘻！深謀遠慮，尤當揆之以理；倘心多過慮，於事無補，不誠杞人之一流哉！

## 26.說謊

昔有牧童，為人牧羊於野，童幼無知[35]，輒戲言曰：「狼來矣！狼來矣！」眾奔出視之，狼固無有也。眾歸後，不意果有狼來，童急曰：「狼真來矣！」眾以其謊也，不之理，致羊為狼食盡。

悲夫！世之好說謊者，平素人皆知其詐，雖真遇急難，求人援手，而人亦不之信矣！

## 27.木條一束

昔人某，生有數子。一日，病臥，將絕，眾子環聽遺命。其父曰：「吾有一物，爾同試之。」遂擲木條一束，令其子折之，試能斷否。眾子如命，力折不能斷。父曰：「汝且抽出，逐條分折，試能斷否！」於是，莫不隨手而折[36]。父乃教之曰：「吾死之後，爾等不可各有異心，不宜分居各爨。合則不受人欺，分則易於折斷，此木足以為證。」

諺云：「協力，山成玉；同心，土變金。」唇齒相依，彼此相輔，守望相助，眾志成城，不當如秦越人，漠不相關；若唇亡則齒寒，勢難獨立也。推之各事，莫不皆然。果能同心聯絡，合力應援，自必強固而久安焉。

35 童幼無知，《晚清文學叢鈔．域外文學譯文卷》作「童又無知」。
36 莫不隨手而折，《晚清文學叢鈔．域外文學譯文卷》作「木果隨手而折」。

## 28.羅網

有青衣童子[37]，聚則成雷，散而止棘，翱翔自得，一若與世無爭者。偶憩藩籬之下，羅結子[38]見而笑之曰：「公子別來無恙耶？今余已掃花徑，開蓬門，子盍來深柳堂內，小駐行旌？余將引子升螺旋之梯，登鳳舞之樓；紅窗射日，碧檻凌風，子能從我遊乎？」

童曰：「子欲欺我，難矣哉！余耳子之名久矣。彼維[39]不知者，直以羅剎國為溫柔鄉耳！予素諗入子室，升子堂，亦猶獸入柙，鳥投羅也。子何不擇人之甚耶！」

羅結子曰：「余之所以高其閣，曲其欄，煞費經綸者，惟欲挽高賢之稅駕，迓上客之清塵。今吾子不歌樂土，而疑起杯弓，豈無蒼蒼者在上耶？如勿吝教，則敝榻久懸，請為子下。此中衾裁水錦，帳織雲羅，風雨連牀，光明達旦，以蒼溟之志，作黑甜之遊，亦一覺黃粱，管作二十年太平宰相也。」童曰：「其然，豈其然乎？吾恐邯鄲一度，滔滔不歸，是以不敢請。」

結子曰：「信如君言，莫肯我顧矣！然余企子磊落之才，斷不忍使逍遙空谷，枵腹而歸，將略事杯羹，作都門之餞。雖盤飧市遠，味不能兼，而野蔌山蔬，差可庶幾式飲。」童曰：「雅意深情，原不敢負，第予適承友飲，既醉既飽矣！雖有佳肴，請俟諸異日！」竟揖而去。

羅結子目逆送之，無以為計，數四沉吟，乃憬然悟曰：「有，有！」爰入而牽蘿補屋，吐沫潤垣，作綢繆之牖戶。經營既已，潛身俟之。不逾時，童復至，其趾高，其氣揚，以頏以頡，下上其音。羅結子從而譽之曰：「子矍鑠哉！以子青年美貌，高舉若鳳鳴修竹，其聲喈喈；俯臨若雁落平沙，其飛款款。目澄秋水之光，眉疊春山之翠，丰度

37 青衣童子，指青蠅。
38 羅結子，指蜘蛛。
39 維，《晚清文學叢鈔．域外文學譯文卷》作「惟」。

翩翩[40]，居然佳公子也。較予漆身黔首者，可同日語哉！」童不覺欣然而謝曰：「子何言之當、知之深也！然子亦何不自圖奮飛，遨遊天壤間，而獨甘心雌伏，徒守株以待耶？」

結子曰：「聆子言，實獲我心。今而後，與子偕行，倘弗吝提攜之力，為幸多矣！」童子於是情投意合，相得甚歡，即羅網之設，亦無暇顧及。轉瞬間，遂入纏綿之境，而不堪回首矣！蠅自覺危甚，乃哀籲曰：「蛛兄，為我以解倒懸乎？」蛛乃莞爾笑曰：「子何前倨而後恭也！子有迎風之技，今亦倦於飛乎？子有凌雲之志，今亦厄以困乎？且余待兔者也，何能為役！今既枉顧矣，予不能拯君之命，惟能速君之死，資君之身，果我之腹。佳城在即，爾將得其所哉！」遂毒焉。

醒世子曰：「噫！蠅亦有罪矣！夫天下高而不危者，鮮矣！況自顧藐躬，有何德能？鼓翅而前，宜謹宜慎；搖唇而止，勿侈勿貪。持身非曰不嚴，而卒以驕敗；措詞非曰不謹，而竟以言迷。一蹶不起，前功盡棄，與士君子守身不嚴，名節頓隳[41]者，其相去幾何哉！吾願世人，勿效蠅之驕矜而自敗，亦弗效蛛之詭譎以陷人也！更有說焉。因世之足以危我者多矣，然兇暴者不足畏，橫逆者不足避，惟口蜜言甘之輩，最易受其牢籠！邪魔亦往往以狐媚之言誘人，輕聽敗德，以就死地，人尚其察諸！」

## 29.鹿入獅穴

鹿因武士追迫，急不能脫，適見面前一穴，疾忙投入；詎料其中有獅在焉。獅見甚喜，不勞而得之。鹿臨死，悔之曰：「前有獅子食我，後有武士追我，亦是命該如此。倘武士得之，或不殺而蓄養之，猶未可料也；今落獅口，悔何及哉！」

---

40　翩翩，原文作「翻翻」，《晚清文學叢鈔・域外文學譯文卷》作「翩翩」，據此訂正。
41　隳，《晚清文學叢鈔・域外文學譯文卷》作「墮」。

如世人，或因窮困而誤為犯法，以致身繫獄中，殊不知更甚如窮困也，哀哉！

## 30.捕影

昔有獵犬，循溪追野狐，忽覩溪中狐影，以為另一狐也，遽躍入水撲之。詎水波晃動，狐影倏滅，乃匍匐上岸，則皮毛透濕，困頓難堪。舉頭復望前狐，亦已杳不可見矣。

噫！彼犬之智，固不足云，所可慨者，捨形捕影之事，世間往往有之！

## 31.犬勸

某村有某姓者，畜一犬，欲守夜耳，故餵養良殷。犬亦甚靈動，有客來，驟然而吠；蹲踞門首，宵小無敢入者。

一日，偶遊院宇，見壁隙中有穿墉者[42]，遂戲捉之。厥後，時見時捕，齧斃而置。如是者久，鼠輩亦無敢出者。主人見之曰：「此犬竟效貓為，未免張有冠而李戴，樵夫竟說漁翁話矣！」

後乃畜一貓，年稚無知，遊戲終日。及其壯也，仍無見聞。或傍花隨柳，或效猱升木，或偃息在牀，一若主家固無碩鼠；如有之，彼好事者已代我為之矣，乃游惰如常。犬遂勸之曰：「子何為者？非捕鼠者乎？胡旁觀束手，泮奐優游乃爾！將所謂尸位素餐兮，何也？」貓聆其言，愧然自奮，於是夙夜匪懈，孜孜不已，盡其職焉。而犬亦不復有言矣。

以是知，俗言有云：「幹何事，司何事。」在其位者，必當謀其政；有責守者，不得曠其職。尤[43]不當越俎代庖，避就推諉，各宜循理隨分，旁人即無可指摘焉。

---

42 穿墉者，指老鼠。
43 尤，《晚清文學叢鈔．域外文學譯文卷》作「固」。

## 32.二友拾遺

昔有甲乙二人，交甚契，平時頗以氣節相期。一日，同游郊外，路有遺囊，半沒於土。甲前拾之，囊甚重，視之，內皆白鏹[44]。甲喜過望，乙亦喜曰：「無意中而獲此，殆天以福我二人也！」甲作色曰：「吾拾此，天固以福吾一人者，胡乃曰二人！」乙遂默然。

行不數里，有劫盜數人，於林內窺其提攜甚重，躡踪而至，意將行劫。甲惶遽間語乙曰：「盜來，吾二人禍將作矣！」乙曰：「噫！此固天以禍汝一人者，胡乃曰二人！」比盜至，將赤手者釋之，提攜者刃之，攫囊而去。

嗚呼！處順既不肯分甘，處逆則焉肯共患？蓋臨財務苟得者，臨難必務苟免！之二人者，諒易地則皆然。

## 33.人意難全

希臘國[45]祭司長某人，生二女，皆嫁。長婿藝蔬圃，次婿業陶器。一日，某往探其長女，入門坐定，問曰：「爾家所需，有缺欠否？」女對曰：「諸務全備，惟近苦天時亢旱，念吾父夙為祭司，事天虔敬，有禱必蒙允准，乞為代祈甘澍，潤澤園蔬，可乎？」父聞所求，喜其無妄也，遂許之。

繼而出，便道又過其次女家。言次，問曰：「爾家用度若何？」答曰：「生理頗盛，惟曬晾陶器時，每為雨所毀，望父代祈上天，多賜晴霽之日，可乎？」父默然，歸後熟思久之，乃失笑曰：「據二女所求，匪特余難為情，即祈之上天，恐亦弗能兩全也！」竟置之。

嘻！惟意所欲，天且不能從人願，況世間事乎！

---

44 白鏹，金之別名。
45 希臘國，《晚清文學叢鈔・域外文學譯文卷》作「希難國」。

## 34.爭勝

曩者二驢同途，一負棉梱，一負鹽包。負棉者高而輕，袱華麗，印鮮明[46]，搖尾長鳴，揚揚自足；負鹽者實且重，草薦揉身，苦如棘刺，喘汗交作，疲困幾殆。而負棉者復屢觸以欺之，伊惟俯首貼耳[47]，順受而已。

頃遇大河前阻，無舟橋可通。負棉之驢先自衝波競渡，奈棉包外觀雖美，內實虛浮，浸水易沁，逆風難進，於是加重無算。勉登彼岸，已覺難勝，又行數里，力竭而斃；負鹽之驢及河尤畏，彳亍前進，步步安常[48]。過河後，負頓輕，喜甚。蓋鹽遇水化滷，沿路淋漓，時減分兩，得以健步趲行。忽見前之任輕威赫者，今已橫陳道左也，不禁歔欷！

## 35.美女

古時羅瑪國廟宇甚夥，有一神名維納斯者，譯即容貌最美之女神也。時有一貓，見某少年衣履翩翩，意欲嫁之。第思人獸不能共處，乃至維納斯前禱祝曰：「願神大力易我形骸，俾得與少年為佳耦[49]，則感德靡涯矣！」神憐其癡，為之易形，遂成美女，容華頗麗。神戒之曰：「爾今為人，宜盡人事。」貓謹受教，即從少年[50]，儼如夫婦。

忽一日，神以一鼠放入房內試之。美女聞鼠氣，一躍而前，疾擒食之，一若忘其為人者。神乃責之曰：「爾既變人形，而不脫乎獸性，自宜仍變為貓，與獸同處焉。」少年大詫而走。

此如世之貪狡者，雖有時暫行端正，而一遇財帛，見獵心喜，當即露出廬山真面目矣！甚矣哉，本性之難移也！

---

46 印鮮明，《晚清文學叢鈔・域外文學譯文卷》作「色鮮明」。
47 俯首貼耳，《晚清文學叢鈔・域外文學譯文卷》作「俯首帖耳」。
48 「負鹽之驢及河尤畏，彳亍前進，步步安常。」此句《晚清文學叢鈔・域外文學譯文卷》作「負鹽之驢及河，尤畏行，于前進步步安常。」
49 佳耦，《晚清文學叢鈔・域外文學譯文卷》作「佳偶」。
50 少年，《晚清文學叢鈔・域外文學譯文卷》作「三年」。

### 36.騙狼

印度山麓，蘭若幽棲，小犬守於門外。適來一狼，攫而欲啖之，犬跪而請曰：「念犬年輕瘠瘦，即奉大王烹之，亦不敷一餐之飽，何不俟我肥壯，然後食之，豈不善哉！」狼信而釋之。

越年餘，狼尋其犬；見犬躲於主人內室，狼以手招之。犬曰：「我知之矣，請不必等候！此後大王若遇別犬求赦，切不可信！吾乃驚弓之鳥，脫鉤之魚，一之為甚，豈可再乎？無勞盼顧！」狼悔曰：「十賒不如一現，此之謂與！」

### 37.磨牙

野豬常於樹下，磨有兩齒[51]，鋒銳已極。狼見而問之曰：「汝常在此磨牙，當此太平盛世，欲何為哉？」

豬曰：「汝不智之甚！豈未聞古有云：安不忘危，有備無患；凡事豫則立，以防不虞！汝想獵犬來時，倉皇之下，尚能磨齒應敵乎？是以宜未雨而綢繆，勿臨渴而掘井！」

### 38.緩以救急

亞美利加西省多產熊羆，性雖兇猛，然不似虎豹之專噬生肉，每升樹採菓為食。其形體笨重，輒以手足攀緣而上，如人之登高然，迥異貓鼠之便捷也。

一日，有鄉人於昧爽時，往深林尋犢，忽聞樹枝搖響，仰視，見大熊方踞樹食菓。鄉人駭，欲奔，而熊已見之，將下樹追。鄉人自揣難以走脫，急迫間頓生一策，返趨樹下，俟熊抱樹徐下，將及地，乃以手力持熊之兩掌。鄉人素饒膂力，而熊又中隔於樹，猛無所施，掙不能脫，

51 磨有兩齒，《晚清文學叢鈔・域外文學譯文卷》作「磨其兩齒」。「有」宜作「其」。

吼怒，齧樹有聲。鄉人疾呼救。其地固荒落，附近惟小屋數椽，迄無應者，意為空屋。少頃，見炊煙起屋角，因知內有居人，呼益急，亦若弗聞。比及日高旁午，始有人肩斧緩步來，覩其狀，大笑。鄉人憤曰：「吾呼救浹晨，爾乃出而笑我，何忍心也！」其人曰：「始吾聞呼，尚臥未起，遂以無關緊要置之。及起，又置晨餐，今飯畢乃出。子雖多受驚怖，此時吾斧一下，則熊立斃，而子獲全矣。」鄉人曰：「深感盛情，然此熊幾齧我，乃我之仇也，為君所殺，心實不甘。君盍代吾來執其掌，吾必手刃之方快！」其人信為實，即擲斧向前，代執熊掌。鄉人得脫，遽荷斧[52]長嘯而去。其人大窘，亦竭力呼救。迨夕陽欲下，鄉人始返殺熊，其人乃免。心雖恨，竟無可如何，遂各散。

噫！世之遇難者望救若渴，而旁人則漠不經意，設使一旦己身遭患，又安望人之速救乎！

## 39.獻讒

獅為獸王，一日，病，百獸來候，狐獨未至，狼遂讒曰：「王體違和，我輩皆至，獨狐否，誠可恨！」不料，狐適於門外聞之，便進問疾。獅怒訊：「何後至？」狐曰：「大王有疾，羣獸徒來問安，一無補益，於王疾何瘳！小狐乃遍求良方，得之即來，非敢後也！」獅喜問：「何藥？」對曰：「當剝生狼皮，煖被王體，立愈[53]耳！」獅即如法用之。聞後讒人稍退云。

噫！害人便是害己，其應如響，勿謂以惡報惡也。

## 40.車夫

一日，車夫將車輪陷於小坑，不能起。車夫求救於阿彌陀佛，佛

52 荷斧，《晚清文學叢鈔・域外文學譯文卷》作「棄斧」。
53 愈，同「癒」，痊癒。

果降臨，問曰：「爾有何事相求？」夫曰：「我車落於泥坑，求佛力拔救。」佛曰：「汝當肩扛其車而鞭其馬，自然騰出。汝若垂手而待，我亦無能為矣！」

如世人，急時求佛，尤當先盡其力乃可[54]。任爾誦佛萬聲，不如自行勉力之為得也！

## 41.鷹避風雨

一日，天油然作雲，沛然下雨，加之迅雷烈風，不可向邇。鷹於此際，頗費躊躕，遂暫藏空谷以避之。迨其勢已過，不覺雲斂天開，風和日暖，鷹於空谷飛出，自必欣然矣。

凡遇人當盛怒之下，不可與之爭長較短，總宜存心退讓，忍耐為先，勿逞一朝之忿，自蹈危機也。

## 42.假威

驢穿獅子皮，眾獸見，則畏懼而奔避之。驢則自以為能，遂心驕氣傲，目無忌憚。一日，得意自鳴，歡呼大叫，聲入各獸之耳，始知其為驢也。所避之獸，羣起而殺之，卒至粉身碎骨。

嗟乎！是驢之不慎，故也；使驢若能知機，終身不叫，則驢身獅勢，豈不快哉！甚矣！假威風之不能久長也！俗云：「狐假虎威。」一旦露出馬腳來，而弄巧反拙矣。

## 43.腐儒

昔有小童，失足落水，危迫之際，適一腐儒過此，儒服儒巾，行吟澤畔。童大呼：「先生速來救我！」腐儒徐曰：「汝知古人有言：水懦弱，民狎而玩之，故多死矣。夫是，宜先習游泳於前，不必求人援

54 尤當先盡其力乃可，原文漏句末之「可」字，據《意拾喻言》之〈車夫求佛〉補。

救[55]於後，斯可已[56]！」童急曰：「先生請救我上岸，再為訓誨，未為晚也；今不一引手救援，竟站在旱地上，以道學之言見責，故知先生之智，亦不出我之上耳！」

噫！世之不知緩急，不關痛癢，率以高談闊論，引經據典，誤盡蒼生者，其皆腐儒之徒與！

## 44.歸去來

肥犬於月夜遊行郊外，顧盼自雄，揚眉吐氣。適遇野狼，乃故友也。於是先敘寒暄，次談景況。狼稱羨曰：「足下身肥毛潤，滿面春風，究有何術而至於斯？視弟瘠瘦毛長，自形羞澀，奚啻天淵！」犬曰：「我主人常有肥甘飼我，美屋處我，自然較勝於前；汝若肯從我遊，亦當豐衣足食，不致有匱乏之憂矣！」狼欣然曰：「弟甚願往。然到彼人地生疎，惟求諸凡照拂！」乃且說且行。

忽見犬頸上露出疤痕，狼急問故，犬曰：「無傷也。我本性急，曾被主人鎖鑰，故有此痕。」狼即駐足不行，曰：「然則，爾不能自主乎？」犬曰：「入夜乃能自主。」狼曰：「我不慣寄人籬下，請從此辭。鎖鑰與美食，爾可自享焉！」遂不顧而去。自語曰：「燕巢幕上，究竟寢食難安；為米折腰，不如自甘淡薄。勝似受制於人，跼促為轅下駒也。」

諺云：「寧為雞口，毋為牛後。」其斯之謂與！

## 45.獅驢爭氣

獅為獸中最兇惡者，驢為獸中最馴良者[57]。一日，彼此爭氣，驢請決一勝負。獅自忖曰：「吾乃獸中之王，與此區區者較長短乎？勝之亦

---

55 援救，《晚清文學叢鈔・域外文學譯文卷》作「救援」。
56 已，《晚清文學叢鈔・域外文學譯文卷》作「矣」。
57 驢為獸中最馴良者，原文為「驢為黔中最馴良者」，據《意拾喻言》之〈獅驢爭氣〉改。

不足貴。」遂舍之。

俗云：「大人不怪小人。」此之謂也。

## 46.二蛙

有甲乙二蛙，和鳴於蓼汀蘆岸之間，儼如鼓吹，意甚相得。適有牛蹣跚來，飲溪上[58]。二蛙息聲，旁睨之，見牛飲訖，蹀躞以去。

甲蛙歎曰：「此牛雄壯魁偉，真不愧大武之名；較之我身，渺如滄海一粟，愈覺顧影增慚。吾將奮吾力，暴吾氣，與牛並肩，無相上下，方快吾志，終不能與區區井底者為伍也！」乙蛙曰：「吾與子跳躍於洲渚之中，游泳於池塘之內，朝吟風而暮謳月，亦云樂矣！爾乃狂念忽萌，欲比德於牛，真妄想天開，恐萬不能及也！」

甲蛙曰：「不然！有志者事竟成，子姑待之！」於是奮力鼓氣，兩腋隆然[59]，問曰：「視我與牛，孰大？」乙曰：「大不及[60]！」甲又鼓之，兩腋更隆，又問曰：「何如？」乙曰：「不及遠甚。」甲蛙轉怒，遂閉口瞪目，一再鼓之；鼓之不已，砌然一聲，皮綻氣脫，溘然長逝矣！

嗟乎！不以義命自安，卒至力竭身亡而不知悔，此蛙所謂「不知量」也！

## 47.飛鳥靠魚

洪水未治之先，飛禽走獸兩不相和，鬬無虛日。惟飛鳥百戰百敗，絕無取勝之法，日夜焦躁。忽一日，老鴉獻策曰：「吾聞魚被獸欺，蓄怒於心久矣，何不遣一能言之士，說其結盟，彼此協力同心，則破獸必矣！」飛禽從其言，於是咨會魚王。王因積恨於心，每念獨力難支，今見咨文，欣然應允。約期舉事，彼此遂興大師。兩軍相會，惟見魚兵成

58 飲溪上，《晚清文學叢鈔・域外文學譯文卷》作「欲下溪」。
59 兩腋隆然，原文為「兩腋然隆」，據書後「正悞」改。
60 大不及，《晚清文學叢鈔・域外文學譯文卷》作「太不及」。

羣，登途蠕動，既不能飛，又不善走，竟是蠢物，安能與猛獸對敵乎？只得背盟而散。

嘻！吾見世人謀事，每每不計其幫手能否可靠，及至臨事，毫不能為，所託非人，貽誤不淺，可觀魚兵為戒！

## 48.星者自誤

曩於市鎮之上，見有賣江湖口之星士[61]，論人前後事[62]，了如指掌，於是引誘多人，聽其論斷。內有智者，知其盡屬子虛，故意驚慌曰：「先生尚在此處說法乎？汝家被劫，徬惶尋爾！」星士聽之，盡棄所有什物，奮身就跑。一老者止之，而執其手曰：「勿忙，勿忙！吾且問爾：爾既能[63]知人過去未來，又知人之吉凶禍福，何不自知若此耶？」星者始覺悟，大慚。眾人譁然，一笑而散。

此如世人，每每不瞻前顧後，遽然談古評今，混說無稽，何不觀此星者為誡！

## 49.解紛

有甲乙二人，游於海濱，見一蚌在灘曬暖，甚肥美。二人目覩，不禁垂涎。乙方欲取食，甲前阻之曰：「據理論，總以先見者飽腹，後見者不得分甘也。」乙曰：「誠如君言，我之目最明，我乃先見者！」甲曰：「我之目應較君更明，且敢發誓，以定我先見者。」乙曰：「汝雖自云先見，安知我之見更在汝先乎？」彼此辨論，剌剌[64]不休。

適有某人經過其處，二人因請公斷。某許之，乃從容取蚌，剖開吞食淨盡。甲乙從旁癡視。某自居為承審之官，隨將兩片空殼分判，一片

61 賣江湖口之星士，《意拾喻言》作「賣江口之星相」，《晚清文學叢鈔・域外文學譯文卷》作「賣江湖之星士」。
62 論人前後事，《晚清文學叢鈔・域外文學譯文卷》作「論人前後事故」。
63 既能，《晚清文學叢鈔・域外文學譯文卷》作「且能」。
64 剌剌，《晚清文學叢鈔・域外文學譯文卷》作「刺刺」。

與甲，一片與乙，言其別無花費，各執回家可也。

俗云：「八字公門朝南開，有理無錢莫進來。」是非曲直，未得剖辨分析，而兩造槖囊已如懸罄矣！訟則終凶，悔之何及！

## 50.鏽鐮

有數柄鐮刀，新發於硎，意甚自得。割事畢，乃共譏一老鐮曰：「君何暗滯而不光，鏽鈍而無用，得勿負此鐮之名耶？」

老者莞爾而笑曰：「爾等非新發於硎，何能適用哉！且爾等今日之能，皆余向之所為者也。余今特隱遁於鏽，而自晦其光耳！盍俟我再磨之時，一與諸君較其能，恐老勇餘威，未必諸君之所必勝也！勿自矜誇，致取羞辱！」

新鐮懷慚，斂容而退。

## 51.葡萄味苦

昔有一狐，見葡萄滿架，已經成熟。仰視萬紫千紅，累累可愛，垂涎久之。奈乏猱升之技，不能任性朵頤。望甚則怨，怨甚則怒，怒甚則誹謗訾誣，無所不至。乃口是心非，勉強自慰曰：「似此葡萄，尚未成熟，絕非貴重之品，罕有之物；況其味，苦澀異常，我從不下咽！彼庸夫俗子方以之為食也。」

此如世間卑鄙之輩，見人安富尊榮，才德出眾，高不可攀，自顧萬不能到此地步，反謂富貴榮華苦累無限，詆毀交加，滿心妒忌，出語臭硬，假意清高。噫！是謂拂人之性，違心之談。由此推之，此人亦必是幸災樂禍者。

## 52.炎涼情態

甲乙二友，交甚善，適在初冬，相聚小飲，見乙納手指於口中，以氣呵之，甲問曰：「此何意也？」對曰：「天寒手顫，藉此得溫暖耳！」少頃，飲湯，見乙執器，以口連吹之，甲又問曰：「此又何意也？」曰：「碗羹過熱，藉此欲其速冷耳！」

甲起，作色曰：「初，我以為交友相與談道義、吐肺肝，便可觀感獲益；不料，只此一席之間，片刻之時，見君口之忽冷忽熱，瞬息不同，果何益之有哉！自後不敢仰攀，請辭。」拂袖竟去，遂絕交往。

嗚呼！翻手作雲覆手雨。陰陽變化，忽諂忽驕[65]，世態何嘗不如是？噫！

## 53.蝙蝠

古時鳥獸淆雜，亂其部位。有蝙蝠，恃其雙翼，自號飛禽；羣鳥多鄙之，呼之曰獸，以其有四足也。蝙蝠不甘其名，爭之。共質訟於鶴，以求平反。

鶴升公位，照西例，集折獄者十二人，乃梟六，鷹六，列坐於旁，以昭誠讞。兩造畢集，左右袒者亦不乏人，故折者多無定見。鶴乃斷之曰：「諸君咸聽[66]蝙蝠之自稱為鳥乎？袒鳥者羣指為獸，亦有袒蝙蝠者，共疑為禽。各執一見，殊難剖斷。然據我巨眼窺之，彼行則如獸，其音則鳥中不可有者，鳥實恥之。察其形、考其體，除具雙翼以外，遍體皆獸；且其翼亦迥異乎吾儕，惟於深夜習飛，晝則毫無翺翔振羽之能，僅以四足攀緣破壁而已！其非鳥之類，竊飛之形；無鳥之技，辱禽之名。爾眾咸[67]明哲之士，斯物欺凌我族太甚！然乎？否乎？諸君其助我攻之！作速折其翼、削其足、噉其肉、絕其裔，俾勿再亂吾清族也！」眾鳥咸服公明，搏執蝙蝠以去。

噫！市井不倫不類之人，矯揉造作，貌似聖賢，每致攀榮受辱！

---

65 忽諂忽驕，《晚清文學叢鈔・域外文學譯文卷》作「勿諂勿驕」。對照前文「見君口之忽冷忽熱」，知以「忽」字為勝。
66 咸聽，《晚清文學叢鈔・域外文學譯文卷》作「惑聽」。
67 咸，《晚清文學叢鈔・域外文學譯文卷》作「皆」。

## 54.拋錨

停船拋錨，遂成中流砥柱，穩固不搖矣。無奈錨在水底，往往目不及見，而舟中人欲輕揚遠舉，以遂乘風破浪之心，縱使篙櫓齊施，而船亦不能轉側焉。

語云：「不揣其本，而齊其末，終屬枉費辛勞，難見成效。」又云：「揚湯止沸，不如去火抽薪。」此亦至理名言，所包者廣，人當遇事三思之！

## 55.獅蚊比藝

獅子與蚊蟲，一大一小，相去天淵。一日，蚊謂獅曰：「聞大王力大無窮，天下莫之與敵，以吾觀之，究係鈍物，非我之對手也！」獅素勇猛，從未聞有欺我者，今聞蚊言，大笑不已。蚊曰：「如不信，請即試之。」

獅曰：「速來，無得後悔！」於是張牙舞爪，左旋右盤，不能取勝。詎蚊忽然鑽入其耳，復攻其鼻。獅覺難受，搖頭搔耳，終不可解，甚不耐煩，乃輸服曰：「今而後，吾知鬬不在力，在於得法而已！」

## 56.自負

昔有驢，背負神像，在途經過，見者無不揖拜。而驢以為敬己也，乃辭之曰：「不敢當，不敢當！」有不能忍者，遂罵之曰：「人皆拜爾身上之神，非拜爾也，何其愚蠢至此！」

噫！世人多有不自量者，或假朝廷名器，或藉親友威風，或賴囊橐豐裕，傍人略加以禮，彼遂自以為能，立即驕盈狂傲，趾氣高揚，正如此驢之可鄙也！

## 57.蟋蟀歎

蟋蟀匿於草際，見蝶繞花飛舞，兩翅翩翩，隨風上下[68]，光豔奪目，輕倩宜人，大有「五陵貴公子，雙雙鳴玉珂」之概，因自歎曰：「我於彼皆物也，彼則貌羞荷粉，身妬榴裙；我乃半生潦倒，一事無成，蠢然穴居而野處，直待暮夜人寂，始一作不平之鳴，何才不才之相懸若是也！」

歎未竟，倏見童子六七，執蒲葵扇，向蝶輕撲。轉瞬間，鬢敗衣殘，奄奄待斃。乃自喜曰：「我誠幸矣！彼才華外露，終必有災！今而知，巧之逞不如拙之藏也。茲後，捐棄牢騷，願甘草伏，并不平之鳴亦不思作矣！」

噫！象有齒，以焚其身；麝有香，致噬其臍。世之自負不凡，衒玉求售者，其皆未聞蟋蟀之歎也夫！

## 58.農人

昔有一農夫，將死，眾子環跪乞訓。農曰：「余一生耕種，藏有金窖於田畝之中。我死後，爾等須速往挖，勿為他人所得也！餘無別囑。」少頃逝世。眾子急往，爭相動手，將所有之田盡行掘過。遍尋，殊無金窖，而不知其力已見功於田間矣。因田土鬆動，必致稼穡茂繁，又何異於金窖哉？農夫之意已得解矣！

再如[69]國家封禁諸金銀山，正欲使民毋怠惰自逸，以成無用之人也。其意善且深矣！俗云：「寧可自食其力，不可坐食其金；食力無已時，食金當有盡！」

---

68 「見蝶繞花飛舞，兩翅翩翩，隨風上下」，《晚清文學叢鈔．域外文學譯文卷》作「見蝶繞花飛，舞兩翅，翩翩隨風上下」。

69 再如，《晚清文學叢鈔．域外文學譯文卷》作「亦如」。

## 59.驢馬同途

寒沙曠野，草白雲黃，有賈人行路，以驢馬馱負包裹。驢以背負過重，難速行，遂求馬曰：「足下輕身取路，我覺任重道遠，馬兄肯為我分任乎？」馬固藐視於驢，每有鄙賤之意，因叱之曰：「引重致遠，是爾之本分，誰應為爾代勞，休得妄想焉！」驢以憤恨鬱結，又為負重所苦，遂死於半途。賈者剝其皮骨，並所負之行囊，均繫馬身，鞭之使行。馬悔曰：「早知如此，不如與其分任，不致有今日之苦也！」

噫！世之吝力，不肯憐人者，宜知之。

## 60.吹角

兩軍對壘，聞角聲則進。一日，某軍敗北，吹手被敵擒去，眾擬殺之。臨刑時，吹手大聲叫屈曰：「我非持械殺人者，不過在場吹角而已。」懇求饒赦。敵人曰：「爾既膽怯，貪生怕死，不敢勇往直前，置身逍遙事外，反催促他人冒死入陣，其罪更大於殺人者。死有餘辜！」遂誅之。

噫！如世人，每當籌謀一事，慮其危險，不敢親身力行，先聳動他人，試其利害，自己反袖手觀望，臨陣脫逃。此等奸滑取巧，借刀殺人，正與隨軍吹角者同，當處以極刑，無赦也！

## 61.白鴒

晴光普照，曠野菁芒；叢林密密，綠草萋萋；碩驢率場而囓蒭，羣鳥戢翼而棲枝。當是時也，驢仰首見一白鴒棲於樹焉，遂詰之曰：「人悉言爾唱甚佳，吾未之聞也。爾宜殫畢生之技，罄肺腑之曲，俾吾知之。蓋恐人之譽爾者，踰其實也，故欲於爾之唱，以得妍媸焉！」

白鴒聽其言，遂清音宛轉，妙韻迴環；高則響遏行雲，低則聲在樹間；緩如鏗爾之瑟，速若武城之絃。其微也，餘音懸繞於梁上；其縱也，泠泠風送而踰牆。直[70]不啻玉板、銀箏、鸞鳳之遞和也已！

白鴒唱畢，驢竟垂首愕然曰：「吾素藐汝，今聞爾唱，實獲我心也。然聲則過永耳，他日復唱，宜豁然聲朗，無間斷斯可矣。使善評音律者，亦不致妄論爾矣！吾思翰音[71]可為爾師，爾盍往業之？以效其喔喔之聲，庶與靈鳥並稱焉！」白鴒聞言，振翼而去。

噫！吾於是有慨然深歎者矣！白鴒之鳴，固已擅其精；而黔驢之評，何妄施其技！諺云：「不遇知音不可談[72]。」世之不明是非，不知美惡，而謬加品評者，對此驢可以警悟矣！

## 62.荒唐

有一人，自幼外出，遊歷各國，及歸，盡述所見，多屬罕聞。一日，諸人在座，聽其所述漸涉荒唐，但不敢面斥其非。因之愈述愈狂，曾言：「我於某處，一躍過河」等語。座中有老成歷練者，見其荒唐太甚，遂謂之曰：「此處亦有一河，汝果能一躍而過，方可再往下說；若不能，請即住口！」說者自知失言，遂顧左右而言他，旁觀者無不啞然失笑。

噫！好談無稽，言過其實者，得此當頭棒喝，誰曰不宜！

## 63.爭食

一日，獅與熊同遇一肥美羊羔，彼此爭食，兩不相下，因成仇。戰鬬良久，各負重傷，呻吟道左。適來一餓狐，不費氣力，安享其成，取羔大嚼，道謝而去。獅熊徒怒目憤視，不能追捕，遂咬牙切齒悔恨焉！

語云：「鷸蚌相爭，漁翁得利。」亦此意也。

---

70 直，《晚清文學叢鈔·域外文學譯文卷》作「至」。
71 翰音，指雞。《禮記·曲禮下》：「雞曰翰音。」疏：「翰，長也。雞肥則其聲長也。」
72 不遇知音不可談，《晚清文學叢鈔·域外文學譯文卷》作「不遇知音不可彈」。

## 64.密囑愼交

俄國北鄙，多崇山峻嶺，豐草茂林，其間產大熊[73]，多傷人。偶有甲乙二友，約伴入山，正遊盼間，獸卒至，甲遽騰身，效猱升木以避之；乙無奈，閉息仰臥以示死。獸見乙之佯死狀，乃於頭面間反覆嗅之，良久，舍之而去。乙此時失魂若死，始猶知為屏氣，後幾於呼吸自絕矣。

獸去遠，甲始下，而乙亦蘇。甲因嘲之曰：「適吾於樹上，見熊於尊臥處附耳良久，不知所談何事？」乙曰：「誠有之。熊適密囑我曰：『茲後擇交宜慎，如有人素稱道義，及至臨難，只知顧己，而棄友如遺者，此等人真不足齒。與之絕交，可也！』」

## 65.窺鏡

古時，無造玻璃之法，凡鏡皆以銀或銅為之，價貴而少，人家不能常見。

有人購一銅鏡，置案頭。其子尚幼，偶過，覩之，不識何物。照見己影在內，以為另一小兒也，喜，呼之不應，但微笑；又招以手，彼亦招手。意謂相去甚遠，移步迫視，彼亦進逼，終不語。小兒自思：「此人呼之不應，而一切效我所為，殆笑辱我乎！」因怒形於色，忽瞥鏡中人亦有怒容；小兒憤急，揮拳擊之，鏗然有聲。鏡銅堅厚，觸手痛甚，大啼，奔告父母。父笑曉以故[74]，且誡之曰：「爾將來長成，當以此為鑑！待人接物，務以和平為本；若恃強暴，則他人必將以強暴相還。」

語云：「己所不欲，勿施於人。」、「以古為鑑，可知興替[75]；以人為鑑，可知得失。」亦此意也。

---

[73] 大熊，《晚清文學叢鈔．域外文學譯文卷》作「土熊」。
[74] 父笑曉以故，《晚清文學叢鈔．域外文學譯文卷》作「父母曉以故」。
[75] 興替，《晚清文學叢鈔．域外文學譯文卷》作「興廢」。

## 66.眶骨

昔者，西方有一王，英敏非常，兵強國富，有席捲羣邦、囊括宇宙之志。嘗領兵百萬，蠶食鄰國，所到披靡，勢如破竹。攻印度時，一日，駐驛極樂園，園叟遠迎，跪獻一玉匣，光彩奪目。王命近侍啟視，內則枯骸一片，形凹而中空。眾皆莫識。

王大怒曰：「爾獻尸骨，相欺已甚，罪應死！」叟叩首進言曰：「此乃貴重至寶，妙用無窮，請試之。如不驗，當領重罰。」即置骨於天平之左，置黃金十鎰於天平之右，乃骨重金輕。王異之，命加金，則骨尤重；命加多金，則愈多而骨愈重也。王愕然問故。叟以黃土一撮布其上，骨頓輕，而金忽重，狼藉滿地。

王曰：「究為何物？奇乃爾爾！」叟奏曰：「此乃貪夫之眶骨，故金愈多，其眼愈貪，不知饜足，不見土不休。凡人堆金積玉，貪得無厭；迨其死後，亦作如是觀！他人入室，猶金之散於滿地也。可勝悲夫[76]！」王悟且悅，犒師賚叟，遂罷兵歸，固守其疆，溥行仁政，境內咸仰賴焉。

噫吁！世之貪夫，不入土而目不瞑者多矣！曷若此王之速悟，而反保其祖業，全其首領以終也？不亦俊傑乎！

## 67.滴雨落海

片雲攜滴雨落海面，當未落時，雨自歎曰：「以此涓滴，何落不臧？落諸田隴，可以庇嘉穀，為雙穎，為兩岐；落諸林木，可以蔭嘉樹，為並蒂，為碩果。乃獨落於滄溟巨浸中，渺焉一粟，於海何加！所謂：以有用之材，擲諸無用之地也！」悼歎未畢，遽落海中。詎意有老蚌張殼吸潤，一滴甘霖適觸蚌心，從而結胎，漸成顆珠。後為漁人取之，珠已徑寸，懼有懷珠之罪，遽獻之王。王以之飾冕冠。每朝，夜光

---

76 可勝悲夫，《晚清文學叢鈔·域外文學譯文卷》作「可甚悲夫」。

炳炳，燦若大星，羣臣無不以寶珠稱賀。

由此觀之，用舍顯晦，悉聽於天，人第盡其在我而已！慎勿以世無用我者，遂自棄焉。更有一說：凡至理良言，當不時於人講論[77]，以導人遷改，輔人德行，絕未有施於無用之地之理。此功與拯飢救溺等，不可因人頑梗不聽，遂緘口不言。倘有一二人願安承教，感觸於懷，則終身行之，復其本體之明，此即為無價之寶也，亦同獲無量之福也。人可忽乎哉！

## 68.金索日短

某城有金匠某，設肆於家，工作精巧，遠近知名，業致小康，與其妻伉儷甚篤。無何，妻忽暴卒，某悲悼過度，遂成狂易之疾。取妻所遺[78]項掛之金索，自佩之，恆不去身。時語人曰：「吾妻日日以索牽我，欲我同去；不然，何以金索日短也？」人弗之信。久而，索果漸緊，扼吭以死。戚里咸異之。

迨後詢知，某於每夜，夢中自起，趨前肆，摘索取鉗，去其一環，仍復掛之就寢。索被截，日短，遂爾繯頸隕命也！人以為情之所鍾，迷離惝恍，竟至如是！

嗚呼！獨不思人生於世，有如各佩金索，日短一日。光陰去而難留，過一日即少一日，可不惜哉！

## 69.粉蝶

菜中青蟲，伏行於草，自慚形穢，怫然曰：「嗟乎！母兮生我，胡如是之卑猥也！」遂蜿蜒而上竹籬，遇一金色蟲，貌甚都麗[79]，見菜蟲至，昂然飛去，蓋惡而避之也。蟲徐行於籬上，憤然曰：「彼不過恃有

77 不時於人講論，《晚清文學叢鈔．域外文學譯文卷》作「不時與人講論」。
78 《晚清文學叢鈔．域外文學譯文卷》無「遺」字。
79 都麗，《晚清文學叢鈔．域外文學譯文卷》作「麗都」。都，美也。

雙翼耳，何恃富而驕，欺人太甚耶！余姑強忍，弗與之較。」

乃低頭微食竹葉，以期果腹。葉慰之曰：「吾知君非久居窮困者，將見鵬飛豹變，豈他蟲之可得比擬哉！君且居易以俟命，可耳！」蟲亦稍慰，伏於葉以自忍。未幾，如蠶化蛹，以絲作室自衛，若嬰之束於襁褓，遂愴然謂葉曰：「吁！是若之困，詎有甚焉！昔者雖屬猥屑，尚堪自適；今則舉止受縛，如生人葬壙中，甘聽其僵而已。彼蒼者天，奈之何哉！」葉復慰曰：「否極則泰，理之常也！君其終忍，甚毋自憂，恐未必永如斯耳！」

不數日，背罅裂蛻，有物振翼而出，則五彩花紋，斑爛華麗，居然一極美粉蝶。即曩日自慚自憒，為他蟲所鄙之菜蟲也！於是，舞輕風而盪漾，映旭日以蹁躚；翩翩自得，意態逍遙，且顧影而言曰：「前此為人所棄兮，今不自窘；今則遨遊自得兮，前為人哂。於戲！今日之樂兮，由於前日之忍。」

## 70.鐵貓

機鐵為器，懸餌以捕鼠，諺呼為「鐵貓」。某肆，主人患鼠，設鐵貓焉。羣鼠利餌而入，機發莫能出，乃譁然相謂曰：「吾眾何以至此？」一鼠曰：「吾覺有物自上來，閉我天窗，故弗能出。」一鼠曰：「余只顧目前之餌，未覺何以至斯也！」一鼠曰：「如何至斯，吾不知也！」一鼠曰：「至則至矣，且甘此餌可也！」

一蒼白老鼠，蹙額良久，掀白鬚而歎曰：「眾無煩譁然辯論至此，與其審辨何由入，莫若計其何能出，斯為美！」主人聞之，慨然曰：「羣鼠之入也，利其餌而忘其身；老鼠之言也，謀其出不計其入。」

故君子謹其始，尤當慎厥終！

## 書後

西泠張君赤山，讀有用書，通中西學，關懷時務，固亦斯世有心人也！而性格高雅，嘗閉戶著書，迺有隱君子風。近出《海國妙喻》一冊，以談笑詼諧，寓勸懲要旨，如暗室之燈，如照妖之鏡；無意不搜，無詞不雋；有情有理，可箴可銘。讀之，令人知所嚮往，知所趨避；輔助文教，警覺愚蒙。洵為有功世道之作，不勝欽佩。奇文共賞，信可樂也！爰揮汗搦管，為贅數言於後。

戊子荷夏，劍峯謹跋

〈據一八八八年天津時報館代印本〉

# 三、
# 伊索寓言

## 序

伊索產自希臘，距今二千五百有餘歲矣。近二百年，哲學之家，輩起於歐西，各本其創見，立為師說。斯賓塞氏[1]譔述，幾欲掩蓋前人，命令當世；而重蒙學者，仍不廢伊索氏之書，如沙的士，如麥生蒙，如沙摩島[2]，如可踢安之人，咸爭以為伊索氏產自鄉里，據為榮顯。顧古籍淪廢，莫獲稽實，獨雅典有伊索石像存焉。相傳伊索冤死於達爾斐[3]，達爾斐數見災眚，於是雅典始祠以石像。然則昌黎之碑羅池，神柳侯之靈，固有其事耶？

伊索為書，不能盈寸，其中悉寓言。夫寓言之妙，莫吾蒙莊若也，特其書精深，於蒙學實未有裨。嘗謂天下不易之理，即人心之公律，吾私懸一理，以證天下之事，莫禁其無所出入者。吾學無不由閱歷而得也，其得之閱歷，則言足以證事矣；雖欲背馳錯出，其歸宿也，於吾律亦莫有所遁。伊索氏之書，閱歷有得之書也。言多詭託草木禽獸之相酬答，味之彌有至理，歐人啟蒙，類多摭拾其說以益童慧。

自余來京師數月，嚴君潛、伯玉兄弟[4]，適同舍，審余篤嗜西籍，遂出此書，日舉數則，余即筆之於牘，經月書成。有或病其書類齊諧小說者，余曰：「小說克自成家者，無若劉納言之《諧謔錄》、徐慥之《談笑錄》、呂居仁之《軒渠錄》、元懷之《拊掌錄》、東坡之《艾子雜說》，然專尚風趣，適資以侑酒；任為發蒙，則莫逮也。」余非黜華

---

1 斯賓塞氏（Herbert Spencer, 1820～1903），英國哲學家，他將「適者生存」的進化理論運用於社會學，被稱為「社會達爾文主義之父」。
2 沙摩島，the island of Samos。
3 達爾斐，Delphi。
4 嚴君潛、伯玉兄弟，君潛名培南，伯玉名璩。

伸歐，蓋欲求寓言之專作，能使童蒙聞而笑樂，漸悟乎人心之變幻、物理之歧出，實未有如伊索氏者也。

余荒經久，近歲尤躭於小說，性有所慝，亦能莫革，觀者幸勿以小言而鄙之。

光緒壬寅[5]花朝閩縣畏廬林紓序於五城學堂

## 1.鼠報獅恩

有獅臥於叢莽，山鼠逸過，觸其題[6]；獅怒，將撲殺鼠，鼠曰：「能勿抵吾以罪，必報公。」獅笑釋之。

已而獵者得獅，繫以巨組；鼠審其聲為前獅也，嚙糸而斷之。獅逸，鼠追呼曰：「吾嚮幾膏公牙，公以為縱我者，縱鼠耳，今知獅亦有獲報於一鼠者耶？公此後請勿鼠我矣！」

畏廬曰：「處勢據權，恩一人而忽獲其報，此間有之事。然權勢方盛，積仇積忌，而圖所以報者，不甯可慮耶？故小人之念私恩而報者，其積私仇，則亦必報之矣！」

## 2.羔羊遇狼

就乳之羔，失其羣，遇狼於水次。狼涎羔而欲善其辭，俾無所逃死，乃曰：「爾憶去年辱我乎？今何如？」羔曰：「去年吾方胎耳，焉得辱公？」狼曰：「爾躪吾草磧[7]，實溷[8]吾居！」羔曰：「爾時吾方乳，未就牧也。」狼曰：「若[9]飲澗而污吾流，令吾飲不潔！」羔曰：「吾足於乳，無須水也。」狼語塞，徑前撲之曰：「吾詞固不見直於

5 即光緒二十八年，西元1902年。
6 題，額頭。
7 草磧，指草場。磧，音ㄑㄧˋ，有石頭的水草地。
8 溷，使雜亂、污濁。
9 若，你。

爾，然終不能以語窮而自失吾胾！」

嗟夫！天下暴君之行戮，固不能不鍛無罪者以罪，茲益信矣！

畏廬曰：「弱國羔也，強國狼也；無罪猶將取之，矧挑之耶！若以一羔挑羣狼，不知其膏孰之吻也？哀哉！」

## 3.驢飲露

驢行野，聞草蟲鳴，悅焉，而欲效其聲。問曰：「爾食飲何屬，而鳴如此？」蟲曰：「亦飲露耳。」驢審飲露善，乃去芻而露飲；積十日，驢死。

畏廬曰：「驢之不能為驥，脫見驥而學之，猶曰：『從其類也。』露飲之物，殆辟穀導引者倫，以血肉之軀效之，安有不死？故欲變其術以自立於世，必當追躡強者之後；若湛於虛寂，適足自斃其身。」

## 4.鷺出狼鯁

狼搏獸，而骨鯁其喉不能出，懸賞購能出其鯁者。鷺應募至，入喙狼喉。骨出，狼愈；鷺責諾，狼怒嚼其齦曰：「爾試審天下安有探首狼吻，而能完其首以出？則狼之善君，所值已不貲矣，胡仍責償？」

嗟夫！天下為兇人謀，能不為所陷，為願已足，安可責之以常理？

畏廬曰：「兇人以殺人為利，猶強國以滅國為利。不審其包藏禍心，而厚結以恩，將終為其所覆。彼心蓋知有利而已，寧省所謂邦交耶！」

## 5.束竹喻子

有一父而育數子，迨長不相能，日競於父前，喻之莫止，思示之以物：萃則成，睽則敗，令諸子合羣。一日，取小竹十餘枝，堅束而授諸子，令折之，諸子悉力莫折；父乃去束，人授其一，試之果皆折。

父喟曰：「爾能同心合羣，猶吾竹之就束，匆遽又焉能折？若自離其心，則人人孤立，人之折爾易耳！」

畏廬曰：「茲事甚類吐谷渾阿柴[10]，然以年代考之，伊索古於阿柴，理有不襲而同者，此類是也。夫歐羣而強，華不羣而衰，病在無學，人圖自便，無心於國家耳。故合羣之道，自下之結團體始；合國羣之道，自在位者之結團體始。」

## 6.蝙蝠遇狼

蝙蝠夜飛，觸壁而墜，為鼠狼所獲。蝠乞命於狼，狼曰：「吾性與羽族為仇！」蝠曰：「吾雖善飛，前身鼠耳，非羽類也。」狼釋之；已而復墜，更爲他狼所得，蝠復申前語，狼曰：「吾最惡鼠！」蝠曰：「吾固鼠，然今蝠矣！」因而復免。

嗟夫！因變而全身，此蝠[11]蓋智者之倫也。

## 7.雞啄寶石

雄雞率雌飲啄，抓地出寶石，其光瑩然。雞顧而歎曰：「爾出世苟遇其主，必以處寶石者處爾，俾爾得自副其為寶石者；今遇我，直不如一粟！」

畏廬曰：「以寶石之貴，求貴於雞，乃不如一粟！然則名士處亂世，自命固寶石也，能不求貴於雞，始無失其為寶石！」

---

10 阿柴，《魏書》作「阿豺」。魏收《魏書．吐谷渾傳》：「阿豺有子二十人。……阿豺謂曰：『汝等各奉我一支箭。』折之地下。俄而命母弟慕利延曰：『汝取一支箭折之。』慕利延折之。又曰：『汝取十九支箭折之。』延不能折。阿豺曰：『汝曹知否？單則易折，衆則難摧，戮力一心，然後社稷可固！』」

11 蝠，原書作「幅」。

## 8.燕烏爭美

燕與烏遇於林間，而各炫其美。烏詆燕曰：「爾羽榮於春，寒至則瘁落；吾羽凌寒益完，殆吾勝！」燕慚而去。

畏廬曰：「燕羽雖經冬瘁落，燕種不因而亡，且燕之飛行，日萬里，其力猛於鐵路；烏鳥飛鳴榆槐之間，分固不足以哂燕也。男子亦自葆其萬里之志耳，鄉里之評論，寧在所恤？」

## 9.獅王馳檄

羣獸野集，立獅為王。王獅自明性善不虐，且甚愛其類，猝攖之，亦勿怒。獅既即位，馳檄四方，羣獸咸戾[12]，約曰：「今後羊也，隸狼；山羊也，隸豹；鹿也，隸虎；兔也，隸狗。並居無忤，若友焉！」

兔見而歎曰：「余之期此非一日矣，大王令果行，則弱者均足自保矣。其果然耶？」

畏廬曰：「今有強盛之國，以吞滅為性，一旦忽言弭兵，亦王獅之約眾耳。弱者國於其旁，果如兔之先見耶？」

## 10.畜惰狗

畜狗之家，主人啟關出行，狗臥適當其闑[13]，主人叱曰：「爾倦而梗吾道，吾今行具已飭，胡不吾從？」狗徐起而搖尾曰：「主人，吾一身耳，何時不可行者？」

觀此，則食人食而惰人事，往往委過於人，其自視又焉得過？

畏廬曰：「天下非英雄，不能引過。彼食人食而惰人

---

12 戾，至。
13 闑，門梱，門中央所豎之短木。

事，固有所謂自全之道，足以塞責者。故國家非行政之善，督率之勤，不足以立懦人。」

## 11.蟻曝粟

冬蟻出曝其夏取之粟，他蟲饑過其側，乞粟於蟻。蟻曰：「而[14]胡為不儲糧於夏？」蟲曰：「吾方嚮夏風而歌。」蟻笑曰：「君當夏而歌，則亦宜乘冬而眠矣！胡言饑？」

畏廬曰：「平日不儲才，事集求才；平日不練兵，亂起徵兵，均非善謀國者。」

## 12.炭翁與漚者[15]

燒炭之翁，治炭於山中。一日，遇業漚者於道；炭翁請與同居，俾各省其家費。漚者曰：「吾漚以白為職，奈何與黑者同居？」卻之。

畏廬曰：「小人之溷人，其始必餌人以利。求免其溷者，當屏其餌。」

## 13.童子捕蝗

童子捕蝗於野，大得蝗[16]，有蠍伏於次，童子將並捕之；蠍出其鉤示童子曰：「爾試近我，匪特莫能窘我，將並爾所得蝗，亦將盡失之矣！」

畏廬曰：「蝗害稼，蠍螫人，在律均宜殺。然捕蝗者衛稼耳，蠍不害稼，科以現行之律，則無罪。欲誅小人，株連於其事外者，恆召其噬。」

14 而，通「爾」，你。
15 漚者，漂布夫。漚，久漬使絲麻柔軟。
16 大得蝗，捉到許多蝗蟲。大，多。

## 14.龜兔賽跑

兔哂龜曰：「爾縮其足而行紆，其狀甚醜！」龜曰：「爾自侈其行如御風，然鬭疾或不吾勝！」兔大笑，乃示龜以徑途，立表[17]於三里之外，為之的。延狐為監，約先及表者勝，於是龜兔咸舉足行。而龜行甚緩，嚮表而進，未幾至其的；兔自信行疾，知龜無能為，假寐於道周，以為寐醒而龜行仍莫至。既醒，逐龜，而龜已前至，睡移時矣。

畏廬曰：「聰穎自恃者恆無成。」

## 15.漁者吹簫

漁者漁於澤，暇則治樂[18]，甚精。挾簫及罟[19]，至海濱，下罟據石吹其簫，以為魚當聞簫而自躍於罟。迨久俟，莫獲一魚，置簫投罟，魚乃大獲，且爭躍於罟中。漁者曰：「爾乃大悖[20]！吾吹簫娛爾，乃不一至；吾置簫而大獲，何者？」

畏廬曰：「所操與所求歧，焉能獲？一置簫，則志專於魚矣；學者志學而別有所挾，宜其窮老而莫得也。」

## 16.叼肉之犬

犬得肉，經溪橋之上，沉影水中，以為他犬也。水紋蕩，見其肉大逾己肉，乃自棄其肉，獰視水中之影。將奪之，遂並失其肉。

畏廬曰：「貪人無厭，終其身均沉影水中也。」

## 17.犢車陷轍

犢車過狹巷而陷其轍。御者惶急，目其車而呼神；神聞號而至，

---

17 表，標記。
18 治樂，吹奏樂器。
19 罟，漁網。
20 大悖，非常不通情理。

戒之曰：「肩而軸，鞭而牛，車脫險矣，焉待呼我？而惟致方於能盡之地，始大有驗；憚其勞而哀我，何益？」

嗟夫！人惟自求助可爾；待人而為，雖神猶不能庇，而況人耶？

## 18.鼵[21]盲其鼻

鼵生而盲，一日告其母，自詡能視，母鼵欲證其不能視之實，乃取檀香之屑，陳其前，問之，鼵曰：「石也。」母鼵歎曰：「爾盲其目，且並盲其鼻！」

畏廬曰：「以新學之明，證舊學之闇，自知為闇，則可以嚮明。若居闇而侈明，未有不為一鼵者。」

## 19.牧者祝神

有牧於叢蔚之地[22]，而亡其犢，四詗[23]莫得，祝曰：「神孰能知吾犢所在，請殺羔酬神。」一日，跨小阜，見巨獅方噬其犢，牧者大恐，更祝神曰：「吾嚮言得犢酬羊，今求犢得獅，將并亡吾身。神更庇我者，吾當不愛吾犢，且殺犢祀神矣。」

畏廬曰：「牧者以犢為命，至忍殺犢，怵於禍也。嗚呼！天下愛命之人，甯舍其所牧者，眾矣。」

## 20.鹿畏狗

麑[24]謂其母曰：「母軀壯於狗，走疾於狗，且吾父有角以自衛，乃畏狗彌甚，何也？」母鹿曰：「吾均知之！特吾聞狗聲輒震，盡吾力所能及，必趨避之！」

21 鼵，鼴鼠。
22 叢蔚之地，草木茂密的地方。
23 四詗，到處找尋。詗，音ㄒㄩㄥˋ，偵查刺探。
24 麑，鹿子。

觀此，則積餒之人，雖力助之，又惡能益其勇？

畏廬曰：「以主客之勢較，主恆強於客。今乃有以孤客入吾眾主之地，氣餤懾人，如驢之懾鹿；志士觀之，至死莫瞑其目矣！敬告國眾，宜各思其角之用！」

## 21.驢狐相衛

驢與狐友，誓相為衛。一日同履郊坰[25]，偵食，遇獅於野。狐徑謂獅曰：「吾請助公得驢，以易吾死。」獅陽[26]許之。狐引驢投之深穴，意以獅戀驢，必且同陷，吾得以逸；獅見驢陷，知不復脫，因先斃狐，始徐步以取驢於穴。

畏廬曰：「此事類因果之說，實則非也。狐之陷驢，已以機啟獅矣，獅觸機亦立啟其殺狐之機，蓋物理應爾。若云因果，彼司命者，安能簿錄其事，日日逐人之後耶？」

## 22.蠅膠於蜜

人置蜜隱處，而覆其盌。流蜜被地，蠅羣集爭入，其足並翼而膠之，死蠅無算。蠅垂死，羣相詬曰：「吾輩乃大愚，圖一蜜而喪其軀，是尋樂而趣禍也！」

故天下之至樂，從辛楚而得者，其樂永，且無禍。

畏廬曰：「小人未始無悔禍之日，獨其悔恆在事後耳。人謂小人樂死於禍，冤哉！」

---

25 郊坰，郊野之外。《爾雅．釋地》：「邑外謂之郊，郊外謂之牧，牧外謂之野，野外謂之林，林外謂之坰。」

26 陽，通「佯」，詐。

## 23.爭詡[27]多子

野獸麟集，爭詡誰之多子；質於雌獅，曰：「君一胞，得子幾也？」雌獅笑曰：「予每育一耳；然其生也，即為獅！」

天下貴產，不以數爭，安有以多寡定貴賤者？

畏廬曰：「支那莫審衛生之術，嫁娶既早，而又苦貧，故得子恆羸；歐西人量力而娶，娶則能育，胎教及保嬰之術，在在詳審，故其民魁碩精悍，寡夭折之禍。其種不必盡獅也，然其對支那人固獅耳！」

## 24.田者憐蛇

蛇方冬而蟄。田者得之，而憐其殭，置之腹上。蛇蘇，齕田者，毒發，田者死。垂死言曰：「吾施德及於惡物，吾死顧不宜乎？」

天下博愛之人，不能使陰毒之小人，反[28]而為善，甯在一蛇？

畏廬曰：「陰毒之人，固不足憫！然無素[29]而引為心腹，託以性命，此事雖墨子不為！吾友韋生，哀一瘟丐，就而診之，遂以瘟死，并其妻與女。彼瘟丐非蛇也，第其毒足以死人；韋生樂善，猶田父也，其死狀與田父埒[30]，正坐無素而託以性命耳！」

## 25.縛獅石人

有人挾獅並行，途次爭勇。偶經石人象前，象持縆縮獅，狀至雄厲，乃指而示獅，詡人之能。獅曰：「此象出諸人為，故爾；果獅能製象者，亦狀獅以縛人矣！」

---

27 詡，大言，吹噓。
28 反，回頭，改變。
29 素，故舊交情。
30 埒，音ㄌㄜˋ，等同，一樣悽慘。

畏廬曰：「唐、宋史書，矜言功者，每自張大。以唐、宋有史，匈奴諸種族之史，中土不能譯也；中史之矜功，即縛獅之石人！故事不兩證者，恆不得實。」

## 26.兩樹競美

柿樹與蘋果之樹競美，荊棘處鄰園，進而語曰：「二君競美胡為？凡人自視，無不以為美者；吾若自美其美，亦何詎[31]不若君？二君休矣！」

畏廬曰：「快意人宜防冷眼。」

## 27.鶴鸛之辨

田父種稻，以巨網羃其上，因大得鸛，一鶴亦處其中。鶴脛觸網折，乞命田父曰：「主人赦我，君試審吾足折，而血淋淋然，後焉為盜？吾且非鸛，蓋鶴耳！吾性孝；君更視吾羽，何類鸛者？恃此求逭[32]吾死。」田父大笑曰：「爾言固善，然吾科爾罪[33]，實與鸛等；鸛死，爾焉得生？」

故天下之物，不可舍其類而自比於賤族！

畏廬曰：「鶴之自辨非鸛，其心固鄙鸛之非偶；特恨其集田之時，偏自偶於鸛！彼鶴固自謂鶴鸛之辨，辨之在己，而行事之類鸛，則又未之計。嗟夫！不辨諸事，而但辯諸心，彼人焉能鶴汝耶？」

---

31 詎，豈，何。
32 逭，免。
33 科爾罪，依犯罪的科條判定你的罪刑。

## 28.羣呼山巔

有羣呼於山之巔者，鄰村怪之，以為遇眚[34]也，爭趨視之。至，乃見眾逐鼠！

天下有以小物而訌[35]眾心者，此耳！

畏廬曰：「人心慑虛而易動，故登高者不呼，是說與禮合也。」

## 29.人熊自表

人熊自表於獸曰：「吾仁獸也，匪特無甘人[36]之心，即陳死人，吾亦莫敢遽即焉！」狐笑而復熊曰：「願公甯甘死人！」

畏廬曰：「熊惡尸而甘生人，猶鶴之不食腐魚也。凡人明置其所不嗜者，而求遂其所嗜，人方以廉予之，惡知其屬意別有所在耶？是言明理者咸辨之，不必桀黠如狐，而始覺之也。」

## 30.龜升九天

龜曝日中，與海鷗語身世，謂無傅吾翼[37]以飛者。鷹過而聽之曰：「吾能挾爾於青冥之上，爾且何以報我？」龜曰：「能爾，吾將竭紅海沉祕之寶，舉以酬君。」鷹曰：「諾。」爪龜[38]而升，上出於九天，陡落於萬峰之巔，龜乃碎其甲。龜垂死言曰：「吾死分耳！吾泥行且紓，胡為造九天而登之？彼雲霄與吾胡屬，而必欲至之？」

天下之人，欲酬其不可得之欲，安得不碎甲以死？

---

34 眚，災難。
35 訌，亂。
36 甘人，喜歡吃人，把人當美食。
37 傅吾翼，為我添加羽翼。
38 爪龜，以爪提抓烏龜。

畏廬曰：「求獲於分外者危。」

## 31.狐陷於井

有狐陷於眢井[39]，百計莫出。羊渴而思飲，臨井見狐，謂曰：「泉甘乎？」狐佯為笑悅，盛道泉甘，招羊而下之。羊救渴忘溺，委身果下。渴止，狐始語以陷深莫出，乃交議脫險。狐曰：「君舉前足抵甃[40]，俯其首，吾將梯君之背而登。吾出則必脫子於阨。」羊諾。狐登，躍而即上，既出而跳；羊大詈於井中。狐臨語之曰：「爾老而悖，設爾腦紋多逾其鬚，則必預思所以圖出者，何由得為吾愚[41]？爾此後求飲於井，當先審而後入！」

畏廬曰：「小人與人無仇者，亦無必害人之心；獨其可以害己者，則必移害於人以活己。故智者恆不樂與小人共利。」

## 32.狼蒙羊皮

狼欲求食於人，乃蒙羊皮而雜於羣羊之中。牧人牧羊並圈狼，嚴扃[42]其柵。夜中牧人思烹羊佐朝饔，啟圈取羊，誤得狼殺之。

狼圖食乃反見食於人，哀哉！

畏廬曰：「章惇之誤入黨人，小人之幸也；狼之誤入羊圈，小人之不幸也。」

## 33.黑烏濯羽

最黑之烏，見雁羽，悵然將去其黑。因念雁羽白，必浣水而潔，乃

---

39 眢井，廢井。
40 甃，音ㄓㄡˋ，井壁。
41 為吾愚，被我愚弄、欺騙。
42 嚴扃，緊密關閉。

舍其得食之地，即水中濯之。百濯莫變其黑，烏終不悟，遂委頓死。

彼烏也乃思易其天質，以求逞於世，胡可得哉？

畏廬曰：「此非為嚮學者言，殆為安分者言也。」

## 34.鴿求水

鴿中暍[43]求水，見人圖杯水於店壁，不計其為畫也，銳前而就之。觸壁折其翅，因見獲。

鹵莽之夫，去聰塞明，殆求水於壁杯者乎！

畏廬曰：「冒利者智昏。」

## 35.獅落爪牙

一獅處深山之中，悅山家女郎，將偶之；其父畏噬，以術愚獅曰：「吾願壻汝，若能如吾約，則聽汝。汝能落而牙，去而爪，則好事近矣。」獅如約，更涖門請婚；父知其失爪與牙也，以巨椎斥去之。

畏廬曰：「嗜慾中無英雄。」

## 36.驢曳笨車

笨車載重行野，用多驢拽之，軸大鳴，迴語其輪[44]曰：「爾胡鳴？吾輩任重，爾享吾成，宜鳴者吾耳！爾胡鳴？」

嗚呼！天下能任重者，固不鳴者也。

## 37.綴石擊鸛

鸛大集於麥隴，田父揚其帶以袪之。鸛知帶之不為害也，仍止而食。田父綴石於帶末，用以擊之；鸛多死，乃呼其羣曰：「彼麥方熟，

---

43 暍，音ㄏㄜˋ，熱。

44 迴語其輪，指驢轉身告訴車輪。

防之甚至，吾當他適。彼愛其所藝，安能飽我？且彼心非徒冀我之避也，不逃將及[45]！」

天下巽語[46]之弗動，既且繩之以法矣。

### 38.老獅裝病

獅老莫能搏獸，思以術得獸，乃處穴而陽病，且使羣獸盡悉其為病者。獸果集而哀之；獅起撲，盡果其腹，凡獸視疾者均無免。一狐知之，亦臨存，去穴絕遠而立。獅曰：「狐來，狐來！吾病良已；爾胡遙立者，曷前就我？」狐曰：「敬謝大王！吾見泥上行跡，入就大王之居，乃未見其返者！」卒不入。

嗚呼！人能以人之被患為戒，其智者之所為乎！

### 39.斷尾掩醜

狐見取入檻，銳出[47]而斷其尾，醜之，思以術掩其醜。一日，大招其類，請皆去尾，且曰：「去尾較前美，亦無曳塗之患。」一狐於曹中曰：「君苟非自醜其失尾，又甯合眾而議去其尾？」喪尾之狐乃大慚。

畏廬曰：「一事不便小人之私，雖亡國覆軍，亦甘心行之。狐之求眾去尾，所求固未奢也。」

### 40.二人遇熊

二人同行，遇熊於道。其一攀樹而登，翳葉以避雄；其一攀樹莫及，佯死於地。熊嗅其身殆遍，其人閉氣如尸。熊忌死人，久乃去。攀樹者下，笑語之曰：「熊附君耳何語？」對曰：「熊戒我勿與畏死者為友！遇難不相扶攜，而先其身。」

---

45 將及，意即災難將至。
46 巽語，恭敬謙遜的話。
47 銳出，急忙逃出。

嗟夫！患難至，交情見。

## 41.自誇受駁

有人足跡四周天下，既遊而返，盛誇其能。自言遊倭漏支[48]時，能健跳極遠，此時無人能逾吾高者，可取倭漏支人為吾證。時有一人曰：「勇哉壯士！若技果確者，何待取證於倭人？今更健跳以試其技，此地亦倭漏支耳！」

畏廬曰：「操偽券以訟者，其中恆列死人之名為證，而訟卒不直，如此類是也。」

## 42.狗據草

狗席藁臥，而吠牛之過，以為將喪其草，牛語其輩曰：「彼夫也，殆為己者也！據草莫食，又不以予人，何也？」

畏廬曰：「藁固莫利於犬腹，而據之足祛一身之寒；牛一得之，藁無餘矣。此美洲所以力拒華工也。」

## 43.碎角沒羊

牧人得亡羊，而收合其羣。抵暮次角[49]，趣羊歸。羣羊皆行，而亡羊不習其聲，弗行。牧人怒，取石碎其角，欲沒[50]其羊，不令歸屬主人；且語亡羊曰：「見主人慎勿言。」亡羊曰：「吾雖不言，而吾角固若能言者。」

凡事不能謾[51]人，則慎勿謾也。

---

48 倭漏支，英文版一般作“Rhodes”，音譯為「漏支」或「羅茲」。「倭」應為林紓所加，以示遠方異國。
49 次角，疑為「吹角」之誤。
50 沒，隱藏。
51 謾，欺瞞。

## 44.瘞[52]金牆下

人有盡貨其家具，而鎔得黃金一錠，瘞之壞牆之下，日臨視之；為其傭所覺，陰伺之，知其為瘞金處也，竊掘以去。瘞金者亡金，大哭，摯其髮。鄰翁慰解之曰：「君勿悲！第別取一石封識之，以代前瘞之金，則此石之娛君者，其用亦與金等。以君之處此金，固未嘗責金之用，等無用矣！此石又何詎不如金？」

畏廬曰：「中有所恃者，雖舍金樂也；若無恃而但恃金，又焉能舍？彼吝者之擁金，敝衣菲食，其中泰然，正以多金為泰，猶賢者之泰於道耳。代為思之，亦頗有滋味，故吾一生憐錢虜！」

## 45.主人執豚

豚與山羊及羖[53]同圈。一日畜豚者取豚，豚大嘷。山羊及羖責之曰：「汝胡鳴？主常執吾二人，吾二人未嘗鳴也。」豚謂羖曰：「主人執君剪其毳[54]耳，取山羊者取乳也。吾今見執，殆欲吾命耳！」

畏廬曰：「不知禍者，未嘗以得禍為苦，故人見決囚[55]於市，恆欣幸之，痛不涉己也。若設身處之，則樂禍之心，必少殺[56]！」

## 46.羣蛙求君

羣蛙之國無君，遣使求君於木星。木星之神，授以巨木，令君蛙國。木墜於大浸，觸水浪湧，羣蛙盡潛；已，見木浮水弗動，乃稍出，

---

52 瘞，音一ˋ，埋藏。
53 山羊及羖，a goat and a sheep 之中譯。羖，黑色或去勢的公羊，此指綿羊。
54 毳，羊細毛。
55 決囚，處決囚犯。決，執行處死。
56 少殺，少多了。殺，於句中或句末用以強調句意之助詞。

聚登其上；既而以為，木之為君蠢蠢然，無人君之度，復上牋於木星之神，請更立君。木星授之以鱔，鱔亦不能君，蛙復請。木星怒其瀆，遣鷺鷥臨王其國。鷺鷥既涖國，乃盡食蛙類無遺噍[57]。

畏廬曰：「前尹謹愿，則後尹必暴烈。正以習而玩之，遂以張其怒也殺。民無遺噍固酷矣，然吾科其罪，則重在乎前之縱之者。」

## 47.兒童取栗

一瓶實栗滿中，兒童入手瓶中，飽取之，拳不得出。童不忍舍栗出拳，怒而大哭。保母謂之曰：「若能少取栗，則拳出矣！」

奈何貪多栗，而以一拳括之，宜其不得出也！

畏廬曰：「人之求利也，利未至，已虛構一美滿之量，謂皆為己所應得者。一不售其貪[58]，則呼愴甚於災禍。使能操之以約，則利長存，亦無爭奪掣肘之虞，不其泰乎？」

## 48.防蛇

蛇穴於週廊之下。一日，出齕其主人之子，立斃；主人主婦大悲。明日蛇出，主人以巨斧伺之，蛇疾行，僅斷其尾。既而主人防蛇之復也，修好於蛇，以餅及鹽，置其穴，饗蛇。蛇微語之曰：「自是永無和時，蓋吾見斷尾，則必仇君；君思子，亦必仇我！」

天下安有積仇於心，而能不圖復者也？

畏廬曰：「有志之士，更當無忘國仇！」

57 遺噍，殘存之人。噍，即噍類，有生命而能嚼食者，指生民百姓。
58 不售其貪，不能滿足貪念。售，行，達成。

## 49.鼠窘病獅

獅病暍[59]臥穴，鼠旋其耳與頸而窘之。獅怒振其毛，且搜穴取鼠。狐過而調之曰：「君獅也，詎畏鼠？」獅曰：「吾詎畏鼠！吾蓋怒不率之子弟，乘長者之憊而弄之，侵人自由之權，可罪也。」

畏廬曰：「小人難防。」

## 50.櫪人[60]竊芻

櫪人長日刷馬不倦，而竊取其芻。馬曰：「君欲澤吾毛乎？則甯多我以芻，累刷胡為者？」

故天下事，貴求其實。

畏廬曰：「綠營[61]軍帥，以軍律律其下，進退拜跪，咸如禮；而餉儲則多實軍主之橐，舉軍咸能言者，而無一敢言，吾以為愧此馬矣！」

## 51.驢騾同途

騾夫挾一驢一騾，載重行遠。二畜行坦，悉忘其負之重；及登高，則蹶。驢請騾分重以登崎，下則還其重，騾不答。驢不勝任，斃於路周。騾夫取死驢之負悉載之騾背，並增之以死驢之皮。騾大窘，言曰：「吾罪良自取！設吾預分驢之責，驢且不死，吾何由載其物，且兼載其皮！」

畏廬曰：「懷國家之想者，視國家之事，己事也，必為同官分其勞；若懷私之人，方將以己所應為委之人，甯

59 病暍，患熱疾，中暑。
60 櫪人，馬夫。
61 綠營，即綠旗兵。清制，除黃白紅藍等八旗兵外，凡漢軍令皆用綠旗，是為綠營。清中葉以前，綠旗兵與八旗兵同為經制之兵，頗為精銳，後承平日久，營務廢弛，太平軍興，屢戰屢敗，於是奉命裁汰，改編巡防營。

知是為公事，固吾力所宜分者！故雖接封聯圻[62]，兵荒恆不相恤援，往往此覆而彼亦蹶。則雖有無數行省，直無數不盟之小國耳。哀哉！」

## 52.驢嫉妒狗

有人畜一驢，並畜一小狗。狗之毛甚澤，驢則處櫪，亦豐其芻。狗絕黠，主人時撫其背，凡赴席無不將餌以飼狗，狗大跳躍媚主人，主人愈悅。驢雖得芻，然任重行遠，私慨身世，因遷怒於狗而嫉之。一日脫銜，衝入主人之室，跳躍衝冒，一如狗之媚主人，且入主人之懷，出舌舐主人之手。觸几案翻而肴核盡覆，家眾大駭，恐主人困於驢，因出械驅驢。返其櫪，箠楚[63]已垂斃矣。驢大歎惋曰：「此誠吾罪。吾胡不甘心力作？吾又胡不得如狗之寵於主人？又奚為不安為驢？」

畏廬曰：「圖分外者恆取辱。」

## 53.牸[64]謀滅屠

羣牸合謀，欲滅屠家，以屠之生計[65]，均牸死路也。約日舉事，爭礪角[66]以殺屠。中有一牛老矣，久於田作，乃抗言曰：「屠者固殺我，然殺我時，其術甚工，刃中吾要，未嘗留餘痛以苦我。爾如覆良屠之家，則異日吾輩就死劣屠，瀕死之痛，當逾百倍。君輩試計，屠者果盡殲，彼世人遂徹[67]牛餐乎？幸勿求免常罹之毒，而易其百倍之酷！」

畏廬曰：「中國人當一力求免為牸，歐西無良屠也。」

---

62 接封聯圻，地界相接壤。封、圻，皆指地界。
63 箠楚，本為鞭打之具，引申為鞭打、箠打。
64 牸，母牛。
65 生計，謀生之事，即所從事的職業。
66 礪角，把角磨尖。礪，磨。
67 徹，通「撤」，除。

## 54.牧童謊呼

牧童牧羊於近村，大呼狼至；村人爭出，實無狼。如是者三四，牧童大笑。已而狼果至，牧童驚號曰：「眾來！眾來！狼食吾羊矣！」聲既咽，救者莫至，謂其謊也。狼知無援，遂盡羊羣而去。

世之善謊者，雖語其實，人亦將不信之矣！

畏廬曰：「此驪山之覆轍[68]也，然余固見之矣！同里某茂才[69]小病輒號，且出遺囑，久之，家人亦弗信，茂才果以病死，妻子竟不一前。謊之為禍如是哉！」

## 55.驢馱鹽

賣鹽者將驢至海濱，馱鹽歸，必絕溪而渡。半渡時，驢跌；既起，鹽被水消。賣鹽者復引驢至原處載鹽，而重倍前時。驢至溪佯跌，既起，鹽復大消，驢得意而鳴，以為心之所欲者獲酬矣。賣鹽者知驢詐，復驅而之鹽所，不市鹽而市海泡[70]。驢至溪仍跌；既起，海泡受水而肥，重逾鹽十倍矣。

噫！驢再行詐，其所負者亦倍重而酬之。

畏廬曰：「小人之行詐，僅能一試，再試則人備之矣！然詐人者，固以受詐者為不覺也，因而所失者倍於所得。故天下之人，惟詐乃愚，惟愚益詐。」

## 56.惡狗繫鈴

有狗潛躡[71]人後，而齩其跟；主人惡之，以鈴繫項警人。犬轉以得

---

68 驪山之覆轍，指周幽王敗亡之事。幽王寵褒姒，褒姒不喜笑，幽王欲其笑，乃舉烽火，並擊大鼓，召諸侯來援，諸侯兵至，始知無寇。後（幽王十一年，西元771年）西夷、犬戎入寇，幽王屢舉烽火，諸侯不至，幽王遂被殺於驪山之下。
69 茂才，秀才。東漢時，秀才改稱茂才，以避光武帝劉秀之諱。
70 海泡，sponge。今一般譯為海綿。
71 潛躡，暗中接踵跟隨。

鈴為榮，出炫於街衢。獵犬語之曰：「爾勿榮爾之繫鈴，蓋主人表爾項，將使人人備爾，如防毒物！」

嗟夫！惡人之播其穢[72]，彼轉以為知名於天下者，如此狗耳！

## 57.牧者芻羊

牧者暮收其羊，見羣中雜數山羊，圈之。明日大雪被野，不能出，乃儉飼己羊，而豐其芻於山羊，冀令合羣於己羊中。迨雪融出牧，山羊見山狂逸；牧者追詈之曰：「是絕無情，風雪中飽吾芻，既飽遂逸！」山羊顧語之曰：「吾即爾薄己畜而重我，我審爾為人矣！爾昨善我，異日更得新羊，爾之薄我亦必如是！」

舊友之不臧，何新之圖？

畏廬曰：「觀此似漢高以王者供張款九江[73]者過乎？既王而復誅之，果如山羊之言矣！究竟牧之厚芻，利羊之肉；羊之懷詐，全己之命，以機感者以機應，此不能喻君子之交道也。」

## 58.二婦拔髮

有中年人，髮已作灰色矣，而眷二婦。其一少艾[74]，其一嫗也。嫗自愧乃以衰年近少壯，欲拔其人黑髮，而留其蒼者；其少婦則又惡以身事老人，欲去其髮之蒼者，而留黑。於是來往於二婦之間，竟禿其頭。

故世人欲周旋於二姓，而圖其各愜，則愜者其誰歟？

畏廬曰：「吾見縣官之難為也！制軍曰可，中丞曰否；

---

72 穢，不好的名聲。

73 漢高以王者供張款九江，事見《漢書》卷三十四〈韓彭英盧吳傳〉。款，款待。九江，即楚漢之際項羽所封九江王英布。英布初助項羽擊秦有功，其後，漢王劉邦遣使者隨何說其叛楚歸漢，時漢王方踞牀濯足，而召布入見，布大怒，悔來，欲自殺。已而「出就舍，張御食飲、從官，如漢王居，布又大喜過望」。遂舉兵與漢擊楚。顏師古曰：「高祖以布先久為王，恐其意自尊大，故峻其禮，令布折服。已而美其幃障，厚其飲食，多其從官，以悅其心，此權道也。」

74 少艾，年少而美好。

方伯曰可，廉訪曰否，左右視均莫敢忤，其能調護融洽之者，能吏也。故惟有孔穎達能牽合毛、鄭之說者，乃許作經疏；惟此禿頭人，能調合二婦之間者，乃許作良有司。」

## 59.病鹿臥草

病鹿臥於藁草之上，其友集視之。每來，必囓其待病之草以去，病鹿遂死。其死也，失其餘草也。

世人與鄙人友，恆多損而少益。

## 60.童子觸毳

童子之手，觸於毳草而痛，歸語其母曰：「吾輕犯此草而痛逾常，何也？」母曰：「此即爾所以受痛也！凡草毳者，輕觸之則傷；重握之，反不為害。」

然則，遇事當審所以盡其力矣！

畏廬曰：「不善御下者傷威，故子產治鄭以猛。」

## 61.占星入塹

星卜之家，夜輒占星。一夜登子城[75]，竭其目力，而誤入於塹，被傷而號。一人臨塹視之，知為占星也，乃曰：「悖哉翁也！爾竭其目力注天，乃不一俯其地，何也？」

畏廬曰：「物蔽於近。」

## 62.狼勸羊遣狗

狼語羊曰：「吾與爾何仇？動無消釋之日；且狗屢衛汝，吾甫即

75 子城，外城所圍之內城及附郭之月城等，謂之子城。

爾，而狗已嗥。爾若去衛遣狗，則吾亦善爾矣！」羊悅，聽狼而謝狗。狗去，狼食羊。

畏廬曰：「亞父逐，項籍亡，輔之不可徹也，如是！」

## 63.貓醫病鳥

貓見病鳥處巢，遂變服為醫生：左執杖，右挾藥囊，若業素精者。臨巢言曰：「病若何？苟延我，當瘳[76]！」鳥拒而謝曰：「吾舉巢無病。君欲瘳我，先遠吾門！」

畏廬曰：「無因至前，餂[77]我以利，須防其有所圖。」

## 64.烏鴉飾羽

有傳聞木星之精[78]，將冊立一鳥為羽族王，尅期集鳥羣，惟其美者之擇。鴉自審其醜，乃遍覓深林之中，竊他鳥落羽，聚飾其身。期至，鴉亦廁選人之列[79]。木星將謀冊之；羣鳥大譁，爭拔其羽，迨脫，仍一鴉耳。

畏廬曰：「飾無為有，縱善支厲[80]，當時知其無長據之理；然必以是欺人者，重利昏其智也。小人之敗露，豈嘗自咎其悖？亦委之數與命耳。以為天命屬我，何至於敗。嗚呼！此所以終身無免辱之日。」

## 65.羔乘屋罵狼

羔乘屋四矚，無能害之者。狼適過其下，羔俯詈之；狼仰視，陰怒而陽尊之曰：「君辱我，我已聞；然君無罪，罪在所乘之屋！」

---

76 瘳，音ㄔㄡ，疾病痊癒。
77 餂，音ㄊㄧㄢˇ，誘取。
78 木星之精，Jupiter，為羅馬神話中的主神，天文上指木星。音譯為朱庇特。
79 廁選人之列，列於候選者的行列。
80 縱善支厲，即便是好東西也是支離破碎。支厲，支離破碎。

觀此，則弱與強競，弱者果得其時與地，強者亦無如之何！

畏廬曰：「貴勢難恃，以所據之勢，本非我有也；一旦勢失，我之權力仍無足以抗人，未有不為人所齮齕[81]。故必明於強弱之分者，始安分。」

## 66.盲嫗

盲嫗欲矐其目[82]，與醫約曰：「明則酬貲，仍盲則否。」議既，醫日臨視，然每至必竊嫗物；再三至，嫗物蕩矣。嫗目旋矐，醫操券索酬金；嫗見喪其家物，意醫所為，堅不予酬，遂質之理。嫗曰：「醫言吾目明能燭物，則予酬，然吾審吾目仍盲也。以吾目盲時，尚能審吾家所有之物；今明矣，何一物不得見？是吾猶盲耳，何酬？」

畏廬曰：「事有需小人而治者，然奏功以後，小人或不得賞，以彼處置公事，時時雜以貪心，試其饞吻，為人所輕賤。往往功成，而攻者四起矣。嗟夫！有其才，無其守，雖功猶罪焉，矧無才而專以貪著耶！」

## 67.母蛙吹氣

牛飲於池，踐小蛙斃之；母蛙索子不得，問其他子，他子曰：「死矣！比有歧蹄[83]巨獸，踐斃之。」母蛙吹氣而膨其腹，問其子曰：「彼獸之巨何如我？」子蛙曰：「止矣，母勿苦！母必如是者，移時將裂其腹！」

畏廬曰：「母蛙固愚，勇氣足尚也；子蛙固智，學之適增長奴隸之性質！」

---

81 齮齕，音一ˇㄏㄜˊ，齧咬。
82 矐其目，使眼睛恢復光明。矐，光明。
83 歧蹄，足多指。

## 68.羣子掘圃

老圃垂死，將策其子以勤，如其生時，乃呼而近榻曰：「吾家葡萄之圃，有隱藏，宜善視之。」老圃既死，羣子爭掘其圃殆滿，莫得所謂隱藏者；而明年葡萄大熟，售倍常時。土見掘，葡萄根舒，受糞而果肥也。

畏廬曰：「此趙氏之常山寶符[84]也。趙氏不得符，而得國；圃子不得藏，而得葡萄之熟。善詒謀[85]者，往往如是。」

## 69.黃犢青牛

黃犢憫青牛作苦，意甚不忍。已而秋穫，青牛脫轡而嬉，見黃犢縛而即廟，將椎[86]以饗神。青牛笑語之曰：「爾即為今日，故終日暇耳！」

畏廬曰：「美疢不如惡石[87]。」

## 70.勝雞鼓翼

二雄雞相鬪，欲爭隙地為栖。其一敗而飛逝，潛伏於陬[88]；其勝者，乘墉[89]鼓翼而鳴。鷹盤空見之，疾攫而去。伏雞始出，遂止其地。於是，地屬敗雞矣！

畏廬曰：「此語足餒勇者之氣！以國角國，當力求其勝。至於飛禍，不在所料者，勇者不計。若曰求為敗雞之倖獲，寧復足取？」

---

84 趙氏之常山寶符事見《史記・趙世家》。趙簡子欲立其子毋卹為太子，以毋卹母賤，而有所猶豫，乃告諸子曰：「吾藏寶符於常山上，先得者賞。」諸子馳之常山上，求無所得。毋卹還曰：「已得符矣！」簡子曰：「奏之。」毋卹曰：「從常山上臨代，代可取也。」簡子於是知毋卹果賢，乃廢太子伯魯，而以毋卹為太子。

85 詒謀，亦作貽謀，為子孫留善計。

86 椎，殺。《史記・馮唐傳》：「五日一椎牛，饗賓客軍吏舍人。」

87 美疢不如惡石，比喻姑息溺愛不如嚴格督責。《左傳・襄公二十三年》：「臧孫曰：『季孫之愛我，疾疢也；孟孫之惡我，藥石也。美疢不如藥石。夫石猶生我，疢之美，其毒滋多！』」

88 陬，角落。

89 乘墉，飛登高牆。

## 71.戰馬怨憫

戰馬百戰而羸其軀，久乃挽磨於農家，因自怨憫，語磨人曰：「吾曾臨巨敵，主者摩吾脊及尻[90]，且日刷吾毛片；今處此，甚鬱鬱耳！」磨人曰：「否泰有時，勿憶前事！」

畏廬曰：「男子處困，首貴養氣。一涉怨望，易生乞憐之心。一乞憐，非男子矣！」

## 72.騎士秣馬

騎士厚秣其馬，臨敵恃馬如命；師還，則易以糠秕，且令載巨木以苦之。他日復臨敵，笳鳴軍出，騎士被馬以甲，自亦披甲據鞍。馬不勝二甲之重，踣於道，謂騎士曰：「主人今日宜步出矣。主人嚮以吾神駿之身，乃驢畜之；今片晌間，安能反驢於馬？」

畏廬曰：「觀此，足悟駕御英雄之法。凡靳[91]賞吝爵之主，均不足與成大事。」

## 73.四肢反叛

四肢議叛其腹心，相謂曰：「吾儕日見役於彼，耳我、目我、手我、足我，無不如志；而彼中據，如如無動，何也？」遂叛。腹心之號令，一不能行，竟委頓死。耳目手足，亦相隨焉。

## 74.二奴殺雞

嫠婦日潔其寢，役二女奴，日課二奴雞鳴起，二奴苦之，殺雞令失其晨。主人既喪雞，愈患其忘曉，夜未央，起促二奴矣！

畏廬曰：「取巧者適自斃。」

---

90 尻，音ㄎㄠ，臀部，脊骨盡處。
91 靳，音ㄐㄧㄣˋ，吝嗇。

## 75.羊噬葡萄

葡萄既熟，其囊實漿纍纍然。有山羊過其下，齧其蔓斷之。葡萄語羊曰：「彼獨無青草乎？然吾復仇亦不遠矣！吾旦晚將釀實為酒，酒熟，爾已為牲，吾必瀝[92]爾之面矣！」

畏廬曰：「葡萄即不見食於羊，其終必為酒；山羊即不仇葡萄，亦斷不能自免為牲。歐人視我中國，其羊耶？其葡萄耶？吾同胞當極力求免為此二物，奈何尚以私怨相仇復耶？」

## 76.狐陷猿王

猿跳舞於百獸之中，羣悅其能，立為王。狐潛嫉之，寘肉獸陷[93]，引猿蹈其機，語猿曰：「吾覓得穴，實物滿中，留俟大王。苟得之，可儲為國用。」猿悅蹈機，見陷，大詈狐。狐曰：「爾蠢蠢如此，乃欲王百獸！」

畏廬曰：「此娼嫉[94]者之常態！然猿之取戾[95]，不在蹈機時，而在僭王時也。」

## 77.猿求重錫

太歲之星[96]，一日出教曰：「天下之獸，孰最美者，吾將重錫[97]之。」於是，猿率其子至，其容充然，意必見賚[98]於太歲之星。方猿以子入覲，眾皆笑之；猿曰：「余不知太歲之星，將錫吾子與否？然自吾

---

92 瀝，滴。
93 獸陷，穿地為坎，豎鋒刃於中以捕獸的機陷。
94 娼嫉，妒嫉。
95 取戾，自取罪戾。
96 太歲之星，指木星，Jupiter之中譯。
97 錫，賜。
98 見賚，受到賞賜。

目中觀之，天下之美，未有逾吾子者矣！」

畏廬曰：「人人溺愛，往往未肯自承，此猿諒[99]也。」

## 78.鴿請鷹衛

鴿遇隼而懼，請鷹為衛，延鷹入其居；既入，撲殺羣鴿，禍烈於隼。蓋鷹一日所殺者，其數埒[100]於隼之一年。

嗟夫！人病求藥，而藥之毒，乃轉烈於病！

畏廬曰：「託衛非人，其足自害者，尤甚於外侮。」

## 79.龍與鯨鬪

豬龍[101]與鯨鬪，方酣戰，波浪動天。小魚[102]出巨浪中語曰：「二巨公若許吾居間者，吾必使二公息爭！」豬龍曰：「吾輩大鏖兵[103]，誰死誰生，甘焉！安能以小輩與吾事？」

## 80.燕依人巢

燕方春依人而巢，營於會鞫[104]之堂。一卵數子，蛇食之都盡。燕歸大哭曰：「吾在客之苦，甚於人哉！此間訊鞫之堂，凡人有冤，皆得申理；而我獨否，顧不哀哉！」

畏廬曰：「不入公法之國，以強國之威凌之，何施不可？此眼前見象也。但以檀香山之事觀之，華人之冤，黑無天日；美為文明之國，行之不以為忤，列強坐觀不以為虐，彼殆以處禽獸者處華人耳！故無國度之慘，雖賢

---

99 諒，誠；說出真心話。

100 埒，音ㄌㄜˋ，相等。

101 豬龍，dolphin之中譯，今一般譯為海豚。

102 小魚，英文版為sprat，一種類似鯡魚的小海魚。

103 鏖兵，竭力苦戰。鏖，音ㄠˊ。

104 鞫，音ㄐㄩˊ，審訊。

不錄，雖富不齒，名曰賤種。踐踏凌競，公道不能稍伸，其哀甚於九幽之獄。吾同胞猶夢夢焉，吾死不瞑目矣！」

## 81.瓦盌與銅盌

河流下駛，而浮二盌，一銅一瓦。瓦盌哀銅盌曰：「君且遠我，苟觸我，我糜碎矣！且吾固不願與君同流也。」

故天下之友，惟同其類者乃親。

畏廬曰：「鄰國固宜親，然度其能碎我者，亦當避之。」

## 82.狼盜羊

牧人捕得狼雛，畜之。既長，縱之盜他羣之羊。狼受教審，益長其神智，語牧人曰：「自君教我，我始知盜。願君慎之，不爾，君亦將自亡其羊。」

畏廬曰：「使貪使詐之言，中國之宿癥也。質言之，暱小人者，萬無幸。」

## 83.母蟹教子

蟹語其子曰：「兒何由橫行？苟直趨，不其美乎？」小蟹曰：「母言良確；設母能直趨者，吾必能效之。」母試趨不果直。

故教人者必以身。

## 84.望雨與祈晴

二女同產，一儷圃，一偶陶[105]。其父一日至圃者之家，存[106]其女，並問所業。女曰：「吾健，業亦豐；然吾日惟望雨耳！雨集則果樹花蔬

---

105 一儷圃一偶陶，一個嫁給園丁，一個嫁給陶匠。

106 存，省視。

當彌盛。」父更至陶者之家，女獨喜晴，晴則笵土[107]易燥。父乃謂其女曰：「若兄[108]望雨，爾獨祈晴，戾其應[109]而同其願，吾固無如何耳！」

畏廬曰：「明制：國有大役，恆勅甲乙兩大臣，以為正副。然甲所區畫，事或戾乙；乙所部勒，勢又蔑甲。均之皆私意也，因而下僚奔走調停。然意嚮既歧，事亦中敗。嗟夫！彼儷圃偶陶者女耳，以一父之力，不能劑二女，矧下僚之事上，父耳！謂一子乃足劑二父耶？私之足以害公也，如是哉！」

## 85.童子竊書

童子竊同學者之書，歸獻其母；母既弗怒，且勵以他日當更盜之，子他日果盜衣，母仍勵之如前。其子寖長，乃盜人寶貨，見獲，反翦[110]就刑。母隨至刑所，搏胸而哭。其子呼母耳語，遂囓母耳。母哭詈其子曰：「忍哉！」子曰：「吾方盜書時，母能止我，我又焉至於此？」

畏廬曰：「教童子無他長，先語以立志；立志在先辨人己之物。」

## 86.老人負薪

有老人受傭於人，伐薪於深谷，且肩入城市賣之。一日，倦而止於道，因卸其負，請助於鬼，而鬼伯果至。薪者曰：「舉吾薪，肩吾肩！」

畏廬曰：「怠惰不自勉者，祇有終身說鬼話耳。」

---

107 笵土，陶土的模型。

108 若兄，英文版作：your sister，你姊姊。兄，長。

109 戾其應，所祈求的相反。戾，乖違、相反。

110 反翦，雙手交叉反綁於背後。翦，通「剪」。

## 87.老松與荊棘

老松一日笑荊棘曰：「爾材何庸！獨不羨吾能為棟樑乎？」荊棘曰：「傷哉，君也！君試想斤斧之臨，將求為吾而不可得矣！」

嗟夫！貧而泰，所以勝於富而危。

畏廬曰：「材而不求大用，乃反羨其最無用者，以自韜匿。吾國莊生，正本此旨，然隱淪也。吾甚願支那有才之男子，甯受斧斤而成棟樑，勿效荊棘，槁死於無人之墟。」

## 88.濯刷黑奴

有人購得黑奴，人謂之曰：「奴黑殆積垢耳，苦主不爲之滌而潔之。」其主韙其言[111]，歸而濯奴，且刷之，奴凍且死，而終不變其黑。

凡物既涅[112]其骨，則所泊之肉，其色又焉能白？

## 89.蛙鼠繫足

鼠窟地而居，出與蛙友。蛙一日戲鼠，自以絙繫鼠足，而並繫己足以示親，且邀鼠於田，竊食人稻。既稔[113]，漸趨於池，蛙見水而嬉，忘鼠之繫；鼠不能游，遂淹以死。尸出水面，其絙猶繫蛙足，鸇過其上，攫鼠尸，而蛙隨以升，乃並果鸇腹。

畏廬曰：「用長厚以友輕薄，長厚者恆受輕薄之累。吾推彼輕薄之意，何嘗有必害長厚之心？特遇事不審而行，禍人因而自禍。故遇少年跳盪者，切勿與共事！」

## 90.狼乞水

狼見窘於狗，病創弗出。羊適經其側，狼就羊乞水曰：「若能得水

---

111 韙其言，認為他的話是對的。韙，音ㄨㄟˇ，是。
112 涅，黑。
113 稔，久，熟。

濟我，我不特免其渴，亦足[114]於肉。」羊曰：「吾進水於君，亦將並進其肉矣！」不答而去。

天下行詐以愚人，雖愚者亦審。

## 91.夙釀餘馨

嫗嗜酒，覓得一故瓶，瓶蓋夙儲佳釀者。嫗嗅其餘馨曰：「旨哉！吾不知釀此者，一何美也！」

凡物處於極美之地，雖久故，其足以動人者恆在。

畏廬曰：「循吏去，善政存，善政即儲釀之瓶也。後人聞其餘馨而心醉，顧不宜哉！」

## 92.傷於瘈狗[115]

一人傷於瘈狗，求醫國中。其友知而語之曰：「爾創重，須以麪包抵患處，令宿血漬其上，反以飼狗，創當愈。」其人笑曰：「若此者，正所以致羣犬之齧矣！」

天下以美酬酬兇人，正足導其為惡。

## 93.漁獵交易

獵者罷獵，將狗而歸，遇漁者負笱於背。獵者思魚，而漁者又甚思獸，乃謀交易其所有，自是遂以為常。其鄰見之曰：「設二君恆如是，將並失其交易之樂，後且必各匿其所有，不更相易矣。」

畏廬曰：「朋友聞聲相思者，其意實親於故交。既見則寖目為尋常之交，漸狎則相輕矣！故肝膽之用，不輕擲

114足，飽足。
115瘈狗，狂犬。

於常人；匪特自貴，亦無凶終隙末[116]之禍。」

## 94.鴉狐

鴉啣肉止於樹杪，狐過而欲得之，仰頌之曰：「君軀既壯，而羽復澤，設發聲更美，則洵為羽族之王！」鴉聞而欲斥之。甫發聲，而肉脫；狐疾取之，復語鴉曰：「吾友！爾聲美於腦！」

畏廬曰：「處小人勿暴怒，怒則失著。」

## 95.取毳損肉

孀婦畜羊，將翦毳以易錢，又不求諸善翦者，自出刀治羊毳，而時損其肉。羊嘶曰：「主婦何為窘我？設出吾血，可以增毛之重，則無妨創吾肉；若必索吾命，則屠者在。爾若但取毳於吾，何不求諸善其業者？」

天下費小者小得，未有惜費而能得者也！

## 96.驢登屋舞

驢登屋而舞，碎人瓦無算，主人升屋擒之，楚撻[117]不止。驢曰：「昨猴舞於上，主人笑矚，今撻我何也？」

嗟夫！愚人而自忘其分，其受撻亦將如驢矣！

## 97.鹿匿牛栖

鹿困於狗，犇而匿牛栖，用草自覆。牛語之曰：「爾胡自投求死？」鹿曰：「吾侵君之居，君固不歡，然吾得間即逝！」迨夜，牛奴人飼牛，且多人往來牛棲之側，均無覺。鹿自慶，且謝牛曹。牛答曰：「君險尚未脫，吾不敢賀君。吾主人蓋能聚百目於一眶者，至恐不能貸

---

116 凶終隙末，謂交往親密之朋友，後因嫌隙而相仇視。
117 楚撻，鞭打。

君！」言已，主人果至。相度四隅，視其草曰：「是何少！且牛薦亦稀，牛奴安往？蛛網積屋隅而不理，何也？」四矚徬徨，見鹿角挺出於藁間，乃呼奴捉鹿而殺之。

畏廬曰：「能吏之精覈，初無必殺人之心，然事事嚴其網目，為奸利者，往往無心為其所得，此類是也。」

## 98.守狗與獵狗

一人飼二狗，一守一獵。獵歸，主人恆以殘兔之首飼守者，獵狗怒詈之曰：「是吾辛苦所得者，爾乃坐享吾成！」守狗曰：「爾勿詈我，當咎主人。彼詔我未嘗以獵，第坐享人餘耳！」

故教令之不善，不能咎其子弟之惰而坐食。

## 99.驢與獅盟

野驢與獅盟，同搏獸於野。獅曰：「吾多力！」驢曰：「我善馳！」已而皆出，恣其所獲，大得獸，獅為宰，分死獸為三積，指其一曰：「吾王百獸，此積為王祿。」又指其一曰：「此其一與君侶獲者，為吾分所當享。」又指其一曰：「是宜與君；然君不歸我，則足以禍君，君休矣！」

凡人有大權者，必有專享之利。

畏廬曰：「強國之鄙弱國，豈特驢耶？不謀獨立，而曰聯某國，聯某國，即予我三積，安有一積之得？北宋聯金以擯遼，噬宋者即金；南宋聯元以斃金，滅宋者即元，其證也。」

## 100.獅與龍盟

獅遊於海澨[118]，見豬龍昂其首，獅請盟曰：「鱗族，君王之；獸族，吾王之！」無何，獅與兕[119]鬪，請助於豬龍。豬龍據水不能陸，獅惡其寒盟[120]，豬龍曰：「君無詈我，當咎天；彼之王我，王水國耳，未嘗許我得志於陸！」

## 101.鷹蹲高巖

鷹蹲於高巖之上，伺兔。射生者射之洞胸，鷹仰翻見箭羽，喟曰：「此羽蓋吾族耳！矢人用以飾矢，今乃洞吾胸乎！」

故人於臨難之時，往往自明其失；正以其所失者，足以增其痛也！

## 102.病鳶祈神

鳶病且死，語其母曰：「母勿傷！亟以祈神，神或福我！」母曰：「世何神足以庇汝者？汝思神所據壇，何者汝不攫其俎上之肉？」

故人患難之時，蘄人之助，非納交於平時，無濟也。

## 103.獅與彘鬪

天方署[121]，獅與野彘均渴，同飲於小湫，爭飲而鬪，疲而據地息。見鵬鶚之屬，盤於空際，將伺其斃，而甘其肉，獅與彘大悟曰：「吾今且息吾鬪，勿自斃以果彼腹！」

畏廬曰：「此鷸蚌之喻，淺而易曉者。」

---

118 海澨，海邊。澨，水涯。
119 兕，野牛。
120 寒盟，違背盟約。
121 天方署，英文版作：on a summer day。署，此處通「暑」，暑熱。

## 104.羣鼠聚議

羣鼠聚穴議禦貓，俾貓來有所警覺。時議論者眾，一鼠獨曰：「必貓項繫鈴，行則鈴動，即恃此為吾警。」主議者悅，詢何人能以鈴授貓者，座中莫應。

畏廬曰：「決大計於淺人，已誤矣；又合無數不臧之謀夫，令其人各措一策，安得善者？每見發至難之議，不自省其能至與否，而但責他人為之，其智均鼠智也。嗚呼！鼠智又安與決大計？」

## 105.鹿眇一目

鹿眇其一目，凡喫草於岸，恆以不眇之目嚮官道，備人與狗，用其眇目嚮水。一日漁舟過，以槍斃之。瀕死歎曰：「吾備行道者偵我，乃不意水行者，竟有以盡吾命也！」

畏廬曰：「物不足動人求者，雖露積無害；否則，嚴扃堅鑰，而可求之象，恆躍然於外，矧此鹿日引身以近人者耶！」

## 106.鼠將草冠

黃鼠狼日與鼠鬬，輒勝。鼠敗而懟，以為無將，且師行無律，乃謀練兵，立大將。部署既定，與黃鼠狼挑戰，大將以草冠其頂為標的，以號令羣鼠。陣既合，復大敗，羣鼠趨穴，而大將草積其頂，趨穴莫利，遂見執。

由此觀之，位高者死近。

## 107.牧者易業

牧者瀕海而牧，見海平如鏡，將易業為海賈，乃售羊販棗。渡海，渡半颶起，舟幾覆，盡投其棗始脫。已而他舟過，颶適止，牧者呼曰：「爾舟無棗乎？何以颶遇爾而息？」

畏廬曰：「遇險惜命，出險惜棗，恆情也。苟時時以在險之心自怵[122]，何但命全，即嗜慾之心，亦從而淡矣！」

### 108.驢逐獅

驢與雞同處於人之庭院。獅入撲驢，雞大鳴；獅性畏雞，大恐而遁。驢以為畏己也，逐之；獅怒，反撲驢斃。

天下度事誤，而自以為得，未有不如此驢者！

### 109.河伯詈海

河水既合，河伯詈海曰：「吾流恆甘，既入海乃轉而為鹹，何也？」海若知其委過也，謝曰：「請君約其流，勿入吾境，則不鹹矣！」

世固有獲人之益，而往往不承者。

### 110.野彘礪牙

野彘休於林樾[123]，以喙反泥其肩。狐過之曰：「君何自礪其牙？時無獵人與狗，足以取君者，君何礪？」野彘曰：「吾臨敵而礪，晚矣！」

故治國者，常治戰具如待嚴敵，而後可言和。

### 111.村姑算計

村姑戴牛乳一器[124]過市，沉思售乳得資，可易雞子三百，伏之，即

---

122 自怵，自我警惕。怵，音ㄔㄨˋ，恐懼，怵惕。
123 樾，樹蔭。
124 戴牛乳一器，頭上頂著一桶牛奶。

毈[125]其五十，猶得二百五十雛也。既碩，盡鬻之，鬻歲可得巨金，用以裁衣，被之招搖過市，羣少年必乞婚於我，我必盡拒以恣吾擇。思極而搖其首，首動，器覆於地，乳乃盡瀉，於是萬象皆滅。

畏廬曰：「此秀才一幅小影也。」

### 112.蜜蜂求針

蜂覲於帝居，貢其蜜；帝悅，宣勅曰：「爾何欲？余必有以賚爾！」蜂曰：「帝更賜臣以針。有人近臣蜜者，臣將以賜針畢其命！」帝不悅曰：「余不吝針，然爾以吾針螫[126]人，針將傳於人身；爾失針，亦將死，其道至危！」

觀此，則舉惡念以嚮人者，其報施之理，亦如雞雛之必返其棲。

### 113.狼遇狗

狼遇狗於道，狗方貫鐵繩，係[127]以巨木。狼調之曰：「誰人飼君？而肥若此！且誰係君以巨木，而不良君之行？」狗曰：「為此者，吾主人也。」狼曰：「吾願吾屬不當交此否運！蓋鐵繩重，將內敗其胃氣。」

### 114.驢馱木偶

驢過市，而背馱木偶造[128]新廟，途人咸跪以迓神；驢以為人之迎己也，大悅而鳴，不復趨廟。驢夫鞭之曰：「愚哉畜也！人拜汝耶？果有之，而尚非其時。」

凡人附勢而行，而以人為畏己者，愚莫甚矣！

---

125 毈，音ㄉㄨㄢˋ，卵孵不出雛來。
126 螫，音ㄕˋ，毒蟲用尾針刺人。
127 係，縛，綁。
128 造，至。

## 115.集議衛城

有嚴城見圍於敵，城中之民，集議衛城。有業墼[129]者，謂墼善；業匠者，謂木善；業韋者，稱革善。

天下之人，故自衛其所業。

## 116.殺羊及牛

人野居為風雨所困，無食，先殺其羊，次取山羊而食，又不已，始殺其駕車之牛。羣狗見而聚謀曰：「吾輩可去矣！彼牛以勞苦利彼，彼尚忍之；不去將及！」

天下薄其家人，其獲信於人，尠矣。

## 117.獵狗老憊

獵狗壯時取獸，未有能脫者；迨老，遇野㲋於獵場，疾嚙其耳，顧老齒莫利，㲋疾遯。主人失望，大詈狗，狗曰：「此非吾罪！吾勇能及，而齒莫吾助，無如何也！故吾樂聞主人之稱吾壯，不樂主人之詈吾憊。」

畏廬曰：「此足動英雄晚歲之悲。」

## 118.拾斧於道

二人同行，一人拾遺斧於道，語其伴曰：「吾拾得斧。」其伴答曰：「勿但言『吾』，當言『吾輩』！」已而遇覓斧者於道，拾斧者曰：「吾輩危矣！」其人復曰：「勿言『吾輩』，但可言『吾』！」

故天下惟能共險者，始可與共福。

---

129 墼，音ㄐㄧˊ，甎。

## 119.病獅被辱

病獅且死，野彘入嚙其脣；牛又繼至，角之[130]；驢見病獅不為人患，亦入而蹄之。獅已欲斃，語曰：「吾竟被辱至此耶！辱甚於死！吾垂死而翻得辱，殆兩死矣！」

畏廬曰：「有志者，視辱重於死，乃垂死而仍不願辱，則真有志者矣！今乃有以可生之人，故以死自待，聽彘辱之，聽牛辱之，且至忍辱於驢，何也？」

## 120.狼歎

狼過牧人之廬，牧人方食羊肩。狼歎曰：「吾茍同彼之享此肩，人將詈我矣！」

## 121.漂木

行旅者羣登山以望海，見絕遠有物，意海舶也。迨將入港，止而俟之，而此物受風寖近，眾曰：「是非大艑[131]，必小舟耳！」已而物至，漂木也。眾相謂曰：「吾輩久俟，乃俟此乎！擬為艑，而僅得漂木。」

凡物出於人之過望，往往失其望。

畏廬曰：「耳人之虛望[132]，而期之以大器，見而失望，其受期者不任咎也。無冰鑑之目，妄以評騭天下名士，蓋十失八九矣。」

---

130角之，指用牛角攻擊獅子。
131艑，音ㄅㄧㄢˋ，船。
132耳人之虛望，聽到別人虛浮的名望。

## 122.爭影亡驢

行人賃驢而行遠，天方暑，炎精[133]若窮其力以鑠[134]人者。行人覓蔭莫得，乃伏於驢腹之下，以避日。然驢腹僅蔽一人，而行人與驢夫爭蔽。驢夫曰：「吾賃君驢，不賃君影！」行人曰：「吾以錢賃驢，則影亦屬我！」語不相下而鬬，迴顧，已亡其驢。

故爭虛者，喪其實。

## 123.驢請易主

驢受豢於主人，減其食而增其勞，驢訴之於帝，請易主。帝曰：「爾其悔哉！」驢請不已，乃易以販瓦之家。無何，驢見新主之役加甚，復訴於帝，請更易主。帝曰：「吾姑允爾，更請者，死矣！」於是轉之治革之家，較前之苦尤烈。乃歎曰：「吾甘死於初主之家，或役死於次主，亦得焉；若新主者，吾雖死，猶將利吾革也！」

畏廬曰：「知自立者則人，不知自立者則驢！既驢而託庇於他姓，其主均販瓦與治革者也。故凡求人保護者，不至於褫革[135]不止，哀哉！哀哉！」

## 124.星精問價

水星之精[136]將偵人意之向背，乃變服為人，趣於塑象者之家，遍觀羣象。見太歲之星與海王星[137]，咸有象，因問價，若欲購者；既得實，乃自指己象而問塑人曰：「此象尤貴於前二象，是蓋上帝使者！凡爾享之利祿，均彼豫為籍[138]以授爾也！」塑人曰：「是象果貴耶？君若見

---

133 炎精，指太陽。
134 鑠，通「爍」，灼熱。
135 褫革，剝去皮革，形容下場悽慘。
136 水星之精，Mercury，水星；羅馬神話中之使者或商業之神，亦譯為財神。
137 太歲之星與海王星，即Jupiter和Juno。羅馬神話中Juno為Jupiter之妻，專司婚姻的女神。
138 籍，登錄於簿冊。

購，君當減其價！」

畏廬曰：「自張者，適自輕。」

### 125.言指相戾

狐為狗逼，經於伐橡者之側，乞其祕處以逃死，伐橡者指其廬與之。狐入，獵者與狗尾至，問伐橡者見狐否？伐橡者極口諱無，而輒自指其廬。獵者意弗嚮其指，竟前追狐；迨獵人與犬均逝，狐不謝而亡。伐橡者追狐，詈其無禮，謂：「吾續而命，而弗謝何？」狐曰：「設而指不叛而言者，更責吾謝未晚也。」

畏廬曰：「處世多危機，因患難以求人，貌為長厚者，正自難恃，亦患其言與指之相戾也。」

### 126.大橡與小草

大橡見拔於風，偃於江上，水草及岸草均為所壓，因語草曰：「爾身輕，何不見拔於風？」草曰：「君與風鏖[139]，故甚敗；吾輩風來即偃，因得自全。」

天下欲勝人者，當先服人。

畏廬曰：「橡之鏖風，獨立之英雄也，見拔於風，或根蠹而基圮耳。至仆而求教於偃風之草，則英雄氣索之時矣！彼小草但能服人，何能勝人；一誤信其言，終身屈於奴隸。故為此橡計者，當培基而固根，不當效小草之偃伏。」

---

139鏖，音ㄠˊ，鏖戰，竭力苦戰。

### 127.閉關捕獅

獅入村舍，農欲捕之，乃閉其關。獅莫能脫，造羊圈而食其羊，繼又奔牛。農大窘，拔關獅遁。既遁，農大悔恨，喪其牛羊。其妻見之曰：「是殆自取！爾昔聞吼而震，今遽欲掩關而囚拘之耶？」

畏廬曰：「不可制之人，不謀以道制之，以術制之，養威蓄銳以制之，嚴備廣儲以制之；乃倉卒張皇，思欲以疲軍搏強敵，淺謀圖倖勝，未有不大喪其軍實者。」

### 128.獅奪羔

狼取人羔，馱歸其穴，遇獅於道奪之，狼遙詈之，曰：「爾奪吾羔，其理安在？」獅調之曰：「羔固君家物，然吾姑以為朋友之饋也。」

畏廬曰：「強者之兼弱，弱者怒，強者恆不怒，知其勢之不敵，不足以用其怒也。試觀列強之對我，其語恆和平，豈重我哉？亦審吾不足與敵耳！」

### 129.殺鵲饗客

捕禽者將飯，有友來就之，而所捕又無禽，乃取其素畜之班鵲，殺以饗客。是鵲本育為禽媒者。鵲曰：「君既殺我，後舉網將誰媒？又誰歌以引君睡？」捕禽者釋之，易而取其雛雞。雞蓋新冠者，亦辭於禽者曰：「君殺我，孰為君報曉？君忘曉，又安能趣網而審禽？」主人曰：「爾言良是，然吾友安可舍食？」

故勢處於必需者，則亦莫恤其後矣！

## 130.蟻報鴿恩

蟻沿江湄而飲，為水所蕩，且死。有鴿止於樹顛[140]，蹴落其葉，蟻遂舟之，以及於岸。已而獵者羅禽，欲得鴿；蟻螫獵者之足，鴿得逸。

故人感人之深，未有不得機以報者。

## 131.野兔病怯

野兔積餒於心[141]，而往往遇險，乃約其儕同死，俾不落於敵手。羣聚山之顛，同墜於深湖。蟆見之，咸趣水以逃。曹中一兔，言曰：「我輩固病怯，然尚有聞吾聲而逃者！我何必死？」

畏盧曰：「偷安之國無勇志。」

## 132.猴投網

猴登樹顛，見漁者置罟於水，猴視之樂。已而漁者歸食於家，置網岸側。猴疾下取其網，投水三數，而手絓於網，遂同墜。恚曰：「吾不業漁，而竟至此，吾咎詎非自取？」

## 133.鵠度曲

富翁購鵝並鵠，鵝佐飲，鵠以度曲。迨夜，廚人宰鵝，誤取鵠；鵠知不免，揚聲而度曲，廚人知其誤，始釋鵠取鵝。

畏盧曰：「處危禍者尚急智。」

## 134.鹿避獅穴

鹿受逼於獵者，窘而奔道旁之穴；穴為獅據，見奔鹿入，獅隅

---

140顛，通「巔」。
141積餒於心，指自覺沒有勇氣。

伏，旋起撲而食之。鹿歎曰：「吾惟避人禍，乃自觸於獅吻！」

避禍而不慎所擇，其落人手，宜哉！

## 135.小魚求放

漁者長日僅得小魚，小魚翕氣[142]動其腹，乞命於漁者曰：「吾軀小，不足佐餐。今試放我，俟吾長而更受捕，不其可乎？」漁者曰：「吾棄其已得小利，而冀其不可必得者，迨世之至愚者矣！」不許。

## 136.獵者問跡

獵者怯其性，而隨地覓獅跡，見樵夫於道，問曰：「若知獅所在乎？曾見其跡否？」樵夫曰：「審之，請示獅穴！」獵者變色，震其齒曰：「吾匪問獅，問其跡耳！」

嗟夫！世有英雄，行事當踐其實；貌為武猛，何益哉？

## 137.飽狐

狐餒，見橡樹之心，有樵者所置之餌，入而飽食之；腹膨不能出，大嗥。他狐過之，橡中之狐述所苦，外狐曰：「子少須[143]，必復子初來之狀而出矣！」

## 138.二蟆議徙

二蟆同居於小池，暑而池涸，議他徙。路過一井，一蟆悅之將入，其一曰：「井水固佳，苟不適吾意，又焉能出？」

凡事安可不圖其後？

---

142翕氣，吸氣，抽咽的模樣。

143少須，稍待。

畏廬曰：「君子入世，宜審所託。」

### 139.膏燈自滿

一燈滿其膏，自以其輝熠於日。已而風起光滅，主人燃之，咎曰：「爾自是勿更誇矣！既能自燭，則當靜以葆其光。爾視觀星雖熒熒[144]，而當風莫滅，且勿須人更燃[145]之！爾能自比於星足矣，何日之擬?」

畏廬曰：「學士侈其所得，敢以傲睨天下，其人不必無學，特未知天下之大，更有勝於己者耳；知其不足，則學未有不進者。」

### 140.駝性

阿剌伯人飼駝，既束裝於駝背，將行，謂駝曰：「爾性喜登山耶？抑但喜平陸？」駝曰：「彼詎無陸？何遽以山語我！」

畏廬曰：「善任人者，當任其所長。」

### 141.父子騎驢

有業磨者，父子謀鬻其驢，將以驢趨墟鬻之。路遇羣婦人聚於井畔，中一婦人指業磨者曰：「彼殆愚乎！何二人皆徒[146]，而空其蹇[147]？」業磨者聞之，令子跨驢，徒以隨之。已而又遇羣叟坐談，一叟曰：「吾嘗言之矣，方今之時，禮宜養老；彼童也，乃徒其父，而己乘耶！」因叱其子曰：「胡不下驢，以騎授而翁？」於是其父復跨驢。數武以外，復見婦人行於道周，唾而語曰：「迂哉叟也！若年耄，乃忍令此五尺之童，蹣跚逐爾乎！」業磨者乃與子並騎行。迨近墟矣，復有人

144熒熒，亮光微弱。
145更燃，重新點燃。
146徒，徒步行走。
147蹇，駑馬，此指驢。

曰：「驢屬君耶？」業磨者曰：「然。」曰：「吾人百思，亦不意其為爾驢也！果爾，何忍盡驢力？爾驢且憊，爾父子胡不合力共肩其驢？」業磨者思悅其人之意，果假得[148]繩與杖，縛驢足而倒肩之。路人見者譁笑相逐。驢不勝楚[149]，大嘶。登橋綆斷，驢墜而入河，遂逝。業磨者大恨曰：「吾惟欲徇人意[150]，四易法而終喪其蹇。甚哉！欲求人悅之難也！」

畏廬曰：「吾人行事，首貴當要；既當要矣，須有定力。定力者何？拒浮議也。若行事而防人彈[151]我，未有不墜蹇於河者！蓋彼紛紛者，不省局中之難，而強與人事，吾又安能一一聽之？」

## 142.貓誘羣鼠

羣鼠穴於人家，為貓所知，入而撲食之。鼠匿不出，貓窮思以計誘之，乃自懸身於鉤，狀如死者。鼠探首穴外，見之，曰：「媼[152]也！爾若化身為肉團然[153]者，吾亦不敢近媼矣！」

畏廬曰：「蓄害人之心，雖極飾，無有不敗露者。」

## 143.牛嚙於鼠

牛見嚙於鼠，痛甚，圖復其仇，然鼠捷逸而趨穴，莫能得。牛乃以角抵牆，既憊而臥於穴旁。鼠復出嚙其腹，即逝；牛大窘，不知所為。正徬徨間，鼠語於穴曰：「凡物侈言大者，恆無能；小而黠者，最足以侮人。君宜慎之！」

畏廬曰：「粗獷之夫，與陰險之小人為難，往往不勝。

---

148假得，借來。
149楚，痛苦。
150徇人意，迎合別人的意思。徇，順。
151 彈，批評、攻擊。
152媼，音ㄠˇ，老母。此處為鼠對貓之稱呼。
153肉團然，a meal-bag或a bag of meal之中譯，或譯為一袋粉。

智不足用也！」

## 144.狗舞筵側

富人大置酒以延客，知交與初識面者咸戾[154]。家狗乘間亦延其類曰：「主人宴客，吾輩亦可作異常之樂，今當以夜就我。」於是，狗友按時至，見陳設既美且厚，得意言曰：「吾得與此，不其樂哉！然此會殊不常得，吾今夜必兼二日之飽始已！」方得意間，自搖其尾，以示其友。廚人見狗舞於筵側，防碎其器，乃執其尾，擲出窗外，墮地而跛其足，且號且行。羣犬聞聲，集慰之曰：「君為友人延飲，饜[155]乎？」狗曰：「吾實語君，醉而忘其出矣！」

嗟夫！觀狗所為，蓋悟天下不速之客，恆不得主人之禮接也。

畏廬曰：「伊索之評此未當也。李訓、鄭注[156]、王伾、王叔文[157]諸人，均乘主人宴客，而揚尾於筵側者也！以疏乘親，又張大其氣燄，不待廚人之擲，人已有叱之者矣！取之無漸失必暴，吾為急於功名者惜也。」

## 145.猴舞

有勳貴之家多畜猴，而令其跳舞。猴習人久，能如人意，其狀馴雅如學徒，方著面具，頂冠蒙衣，按節跳舞。中節處，每過於勳貴之近習[158]，勳貴悅之，而猴舞不已。近習嫉猴，乃實果一囊，灑[159]而擲諸臺上；猴見食忘舞，盡裂其衣冠，爭果而鬬，見者方悅，而舞罷矣。

---

154 戾，至。
155 饜，飽。
156 李訓鄭注，唐文宗欲除宦官，與宰相李訓、太僕卿鄭注謀，詐請帝幸左金吾舍觀甘露，欲藉此引諸宦者至，盡殺之。事敗，二人皆被殺。
157 王伾王叔文，唐順宗永貞年間，左散騎常侍王伾與翰林學士王叔文用事；憲宗立，分別被貶為開州司馬、渝州司戶。
158 近習，親幸之近臣。
159 灑，此處義同於「撒」。

畏廬曰：「小人之陷人，不示以可陷之機，彼亦無從而陷之。猴之嗜果，恆性也，其馴雅如學徒者，戾其性以求悅也，猶之矯偽為君子者；既為小人所覘，一試其術，偽者無不立敗。是故真廉者必不涎人財，大公者必不嫉人善。」

## 146.雞乞命

羣盜夜刦[160]人家，家貧僅得一雞，攫而歸。將殺之，雞乞命曰：「吾有益於人，吾且能夜鳴警人令起，而力作！」羣盜笑曰：「聞爾言，殺爾之心益切矣！爾夜鳴警人，得不敗吾事乎？」

故人欲保全善類，未有不見嫉於凶人者也。

## 147.焚狐毀田

耕者百計思與狐仇，以狐累食其雞鶩也。繼而果得狐，將糜爛其軀以洩憤。乃以麻漬膏綴其尾焚之。狐無心竄入其田，田禾方熟，因兆焚如[161]，農終年勤動，不遺一粒矣！

畏廬曰：「不善治小人者，往往自害其身。」

## 148.偃臥井側

行人疲於行，偃臥井闌之側，其瀕於陷者盈寸耳。忽有司命之神[162]趣之醒曰：「君宜急醒！君不幸而入井，人將咎我！以凡人患難之際，無不歸咎於命者；彼故不自省行為之蹇，而專咎命。」

實則，人事多壞於自主，司命亦不專任其咎也。

---

160 刦，同「刼」，掠奪。
161 因兆焚如，It quickly caught fire and was all burnt up.之中譯，因而開始燃燒起來。兆，始。
162 司命之神，Dame Fortune。或譯為命運之神。

## 149.海鷗吞魚

海鷗吞魚稍巨，而破其食管，偃臥岸側。鷹過而語之曰：「君過其享，宜獲是咎！君羽族，飛則戾天，奈何圖食於水？」

畏廬曰：「分外之獲難恃。」

## 150.獅熊爭羔

獅與熊爭山羊之羔，大鬨[163]，疲極而息。有狐往來偵之，見二獸相距而臥，遺羔道側，乃疾進取之。獅與熊力盡莫起，相顧而歎曰：「兩雄相角，彼小醜獲其益矣！」

## 151.舟覆於江

理學家[164]出行岸上，見舟覆於江，客與船人皆溺死，歎曰：「無道哉，天也！舟客果有獲譴者，斃之可也；詎全舟之客，均宜譴者耶？」方徘徊間，見蟻自穴出，一蟻螫其足，理學家大怒，盡踐羣蟻以死。水神[165]見於岸次，以杵擊之曰：「爾所為者悉如天，胡詈天為？」

畏廬曰：「今使登山者，以至明之目，俯視市集，市人行事，不能悉也；以至聰之耳，俯聽瓦屋，屋中議論，不能辨也。今乃責天帝之耳目，求其平章全球，無論聰明必不能及，但問天帝何居？若居吾球，則當謂之地帝；若居空氣，則周天之星，皆在統屬，當不專帝吾球。故咎天者，均愚人也！智者則但言人事，事之成敗，但以幸不幸斷之，無他語矣！」

---

163 大鬨，激烈地爭鬥。鬨，音ㄏㄨㄥˋ，爭鬥。
164 理學家，philosopher。
165 水神，Mercury。

## 152.籠鷹報恩

村人見鷹為人所獲，心憐其羽毛，開籠放之。鷹一日見村人坐於垂隕[166]之石，疾下以爪撲村人，取其頂上所戴之物；村人起追鷹，十餘步，鷹遺其物還之；村人得物，還據故石，石已隕入深澗矣。

## 153.狐豹爭美

狐與豹爭美，豹炫其錢[167]；狐曰：「吾美逾於子！蓋吾不美其皮，美其智耳！」

## 154.逐鹿失兔

獅撲臥兔，垂及矣；忽見高原鹿過，乃去兔求鹿。鹿所距遠，獅不能及，復歸而取兔，兔亦覺而逸。獅曰：「兔為吾得矣，吾惟欲求吾得逾於兔者，遂亦並失兔耶！」

畏廬曰：「貪夫所為，往往如是。」

## 155.貧匠毀象

有業匠而貧者，家祀水星[168]之象，禮之，冀免其貧。匪日不禱，久禱而家日益落，匠乃大怒，取象去其趺[169]，抵[170]象於壁；象首觸壁脫，有金汁湧出其項，匠大驚，復取象語之曰：「吾禮汝，而貧日增；一毀，而首金乃湧出！然則，爾亦賤種耳！」

---

166 垂隕，即將墜落。
167 錢，指豹背圓斑，毛色黃褐，其文如錢。
168 水星，指水星之神，Mercury，亦即財神。
169 取象去其趺，從神座上取下神像。
170 抵，推、撞。

## 156.獅驢狐同盟

獅與驢、狐同盟而出獵犬，大獲歸，合二同盟，分享所獲。驢宰之甚均，請獅與狐擇之，獅怒，撲驢食之，令狐更定；狐知旨[171]，乃取其美且多者為一積，授獅，自享則甚廉焉。獅悅曰：「孰導爾以如是之善？」狐曰：「此死驢教我者！」

嗟夫！以後鑒前，狐之不趨於禍，宜哉！

## 157.牛入羊穴

有牡牛見獅而奔穴，穴蓋牧者所遺也。穴有牡山羊據其中，見牛入，以角觸之；牛迴語之曰：「君儘其技觸我！我入此，畏獅耳；獅去，試與吾較誰力之猛也！」

畏廬曰：「處落魄之人，尤宜有禮。」

## 158.貴人禿髮

有貴人禿其髮，翦他人遺髮飾之。出獵於野，大風衝馬，落貴人冠，並脫其髮，同獵者大笑，貴人亦自嘲曰：「髮非吾有，宜其犇也！彼附於人首，甘自脫籍[172]，而為吾飾；今去，吾又何惜焉者？」

畏廬曰：「讀此當益明種族之辨。」

## 159.橡神牋奏

橡樹之神，牋奏於太歲之星曰：「臣不勝斧斤之伐，植物中，維臣族受害至烈！」太歲星報曰：「爾所遇之酷，正爾自慶之時也！設爾不勝棟樑之任，彼斤斧又奚其至？」

---

[171] 知旨，知道獅子的想法。
[172] 脫籍，本為除籍，此指脫落。

畏廬曰:「莊生之喻櫟,主不用世;伊索之喻橡,主用世。」

## 160.猿生二雛

猿生二雛，一愛一憎。無何，所愛之雛飽死，受憎者毛澤而軀健，省食故也。

故專注其意者，其功不必成。

## 161.獵狗追兔

獵狗追兔，兔逸，狗不能及，牧羊者嘲曰：「彼二獸異族，小者行良！」狗聞而答曰：「君未知吾二氏之宗旨也！吾行之疾，僅圖吾食；彼兔之逸，求脫其命。此吾之所以不及也！」

畏廬曰：「人能以求生之心圖功，雖有尼[173]我者日伺吾側，亦不足以敗吾事。」

## 162.圈羊容狼

牧者圈羊，而並圈一狼，狗見之，語其主曰：「主人欲令羣羊無恙，奈何充一席以容狼？」

畏廬曰：「用人者可以鑒矣！舉事欲圖其成，乃以私暱之故，置一敗羣小人於其中，縱中道斥去其人，而賢者見機而遠颺，能者避咎而內斂，大局亦無必全之勢。故置人不可不慎也！」

---

[173]尼，近。

## 163.削杙伐橡

匠者求材，得一巨橡，意斧力不能劈，乃削其旁枝為椓杙[174]，入其裂紋，因而椎之。橡既裂而歎曰：「斧伐吾幹，固也；乃即用吾枝為杙以裂我，此其尤可哀者也！」

故自伐其國，其傷心甚於見覆於敵！

畏廬曰：「嗟夫！威海英人之招華軍，豈信華軍之可用哉？亦用為椓杙耳！歐洲種人，從無助他種而攻其同種者，支那獨否。庚子以後，愚民之媚洋者尤力矣！」

## 164.蜂蛇偕亡

黃蠭棲於蛇頂，以鍼刺之，屢刺而蛇痛絕，不知所以治之。見重車隆隆而至，乃以首抵輪下曰：「吾與汝偕亡矣！」

## 165.孔雀傲鸛

孔雀張其尾如錦屏，用以傲鸛曰：「余所被之服，雜金紫如御服，且虹中五色，余皆備之；若羽何灰敗乃爾！」鸛曰：「固爾！然吾飛戾天，聲能達於星球；爾塗行而草食，直如雞耳！」

故文之麗者，其用不必良。

## 166.殺雞取卵

村居夫婦畜一母雞，雞每日誕一金卵予之。村人自念此雞必腹巨金，殺而揭取之，勿須日誕一卵。於是殺雞，檢其中無異常雞，始大盱眙[175]。

嗟乎！愚夫愚婦，輕其常日之必得者，而去之，而務大獲，遂並失其常所得者，殆真愚哉！

---

174椓杙，wedges，楔子，嵌進木材中以利劈砍的尖木。
175盱眙，音ㄒㄩ ㄔˋ，張目直視。

## 167.驢墜深池

驢馱木而經深池之上，失足墜，而木積其背不遽上，驢縱聲哭；蛙聞而語之曰：「君遽跌，而哭若此！設如我者，長年處是中，又將如何？」

## 168.鴉噪樹上

鴉見鵲而妬之，以為人之占喜者，必恃鵲。一日，見行人過其下，即大噪於樹上，行人顧旁人語曰：「君自行！彼鴉，非鵲也，不足以兆君喜！」

天下有襲取他人之美德，而為己有，未有不齒冷於人者！

## 169.橡神授柄

有人入深樹之中，祈大橡之神曰：「吾斧無柄，乞授吾以柄！」橡之神諾，授以榆樹之枝。已而其人之斧，得柄即用以伐樹。樹與神鄰者，均無免，旋及橡樹之神，神哭而語榆曰：「吾之至此，猶弈者首著之誤其子！吾不授柄於人，吾又安得死？」

畏廬曰：「奸臣之叛其所事，其始均乞得小柄者也。得柄因以戕其主！唐、宋之小人，無一不爾，有權位者其慎哉！」

## 170.狗降狼羣

狼語衛牧之狗曰：「爾大類吾，何以不同心於我，而交如兄弟？且吾之所以異君者，無他，吾能自由，君為奴隸；然君忠於人，人且笞之，而關械於君之項，役君以牧。迨食羊，彼自饜肉，以骨投君耳！如過聽愚計，不如以羊授我，與子同飽，直至肚裂始已！」狗聞而悅之，降於狼羣。狼大集搏狗，狗裂胸死，羊羣遂入於狼吻。

畏廬曰：「宋之處文文山[176]，明之處于忠肅[177]，豈不以奴隸畜之哉？而二公誓不易操者，亦知委身異族必無益於己，故甯為趙、朱二世之奴隸以死，萬不如狗之附狼！古來雄猜之主[178]，開國則重降人，而心則輕之。黥彭[179]之不得死，蓋已為高帝所輕矣。指顧之間，其族旋赤，彼狼之心，即季之心也。」

## 171.牛殺獅兒

牛遇獅兒始生者，以角觸死之。其母歸見子死，大哭；獵人遠見之，語母獅曰：「爾哭子乎？然人子為爾撲殺，甯復有數耶？何哭為？」

## 172.當路之獅

有善射者，入山偵獸，獸見善射者咸匿，獨一獅當路敵之，善射者發一矢，語獅曰：「此即吾之使者報爾耳，爾當知吾力之所逮！」獅傷而遁，遇狐於道，狐曰：「公勇者，胡受一矢輒奔？」獅曰：「不然！彼以使來，吾尚不敵，況以人至耶！」

## 173.見駝而懼

村人見駝而懼，已而駝來徐徐，於人無忤，始敢近之，乃知駝之於獸為無用者，加之以勒[180]，令小兒牧之。

畏廬曰：「一西人入市，肆其叫呶，千萬之華人均辟易

---

176 文文山，文天祥字宋瑞，號文山。南宋末舉兵抗元，兵敗，為元將張弘範索俘，拘燕三年，作〈正氣歌〉以見志，不屈而死。

177 于忠肅，于謙字廷益，明永樂進士，英宗正統年間官至兵部尚書。瓦剌也先入寇，英宗親禦，被俘，廷臣有主南遷者，謙力阻之，立景帝以拒也先。後英宗復位，謙中讒被殺。

178 雄猜之主，有雄心壯志而多猜忌疑惑的國君。

179 黥彭，指漢初名將英布和彭越。

180 勒，馬轡，馬頭絡銜。

莫近者，雖懾乎其氣，亦華人之龐大無能，足以召之。嗚呼！駝何知者？吾靦然[181]人也，乃不合羣嚮學，彼西人將以一童子牧我矣！」

### 174.蟹遷沃田

蟹惡斥[182]，弗居於海濱，遷沃田而穴之，以飽人稻。一狐方餒，取食之。蟹被食時，喟曰：「吾死殆自求耳！吾宜居斥，胡惡斥而遷此？」

故人宜勿厭其所習。

畏廬曰：「安分之人，猶或得禍，矧據非其分耶！」

### 175.縱驢食草

牧羊者，易[183]而飼驢，復縱驢以食人別業之纖草。尋聞其仇語於牆外，防為所得，乃捉驢鬣，趨急遁。驢惰而言曰：「吾何逃？吾即為彼得，亦不過如君，日以四重物責吾背耳！」牧者曰：「凡役皆然，何能責彼？」驢曰：「彼役既如主人，吾尤不必逃矣！」

畏廬曰：「美洲奴禁未弛時，國中仍少逃奴，非奴忠也，舉國之視黑人，均如驢耳！不奴於此，彼亦捉而奴之，矧逃者無一倖免，又何逃為？今日黃人之勢岌岌矣！告吾同胞，當力趣於學，庶可化其奴質，不爾皆奴而驢耳！」

### 176.為狐驅蠅

狐絕溪而過，為急湍所衝，止於灘際。狐病莫能起，蠅聚嘬之。

---

181 靦然，慚愧的樣子。靦，「靦」的俗字。
182 斥，鹹鹵之地。
183 易，輕忽。

有毫豬[184]過其側，憐之曰：「吾為君驅蠅，可乎？」狐曰：「不敢煩君！」毫豬曰：「然則蠅善乎？」狐曰：「否！蠅雖甘吾血，飽則必颺；如吾驅之，更易他蠅，吾血又當竭矣！」

畏廬曰：「此積疲之國人語也！求殘喘之倖全，不欲更張以速亡，於計不為非善，顧亡一耳！振作而亡，亡尚有名；委頓而亡，亡且不齒！有志者，當不誤信此狐之言。」

### 177.雌肥卵絕

婦人育伏雌，雌日必一卵。婦人自念：苟得二卵者足矣！乃以二日之食食雌，雌肥而卵絕。

是故，貪者必貧。

### 178.鷂效馬嘶

鷂始亦能歌如雁，一日聞馬嘶，乃力欲效之，遂忘其歌。

故人欲希[185]不可必之獲，未有不先喪其所獲。

### 179.獵犬得兔

獵犬逐兔於山之隈，得之，時以齒嚙之，若力置之死，又時復與戲。兔曰：「吾至欲君以本心待我，勿累變其狀。君果吾仇，可以死我；君果吾友，胡為見嚙？」

畏廬曰：「凡無國權之民，生死在人掌握，豈論公理？豈論人情？故凡可與人爭公法者，其國均可戰之國；否則公法雖在，可復據耶？」

---

184毫豬，hedgehog，亦作豪豬、刺蝟。
185希，求。

## 180.兔求狐助

兔與鷹鬪，求助於狐。狐畏鷹，謝曰：「設吾不知誰為子敵，子用我以敵誰，則吾之助子尚為智也。」

畏廬曰：「此弱國大夫之善於詞令者。」

## 181.犢為牛導

牛將歸圈，思以竇[186]入，盡力抵之。犢曰：「請以我為善導，可乎？」牛曰：「吾取竇為捷徑時，爾尚未生也！」

畏廬曰：「不學而強為人師，往往以年自矜。嗚呼！愚智之判，顧以年判乎。」

## 182.請糧於羊

鹿請糧於羊，以狼居閒[187]。羊不信，以狼素善奪，而鹿又捷足，恐無所取償。

故兩黑者，必不能生一白。

## 183.貓鷹彘同居

鷹伏卵於危橡之柯，貓穴於橡腹而乳，而野彘[188]又育子於橡之根。貓升樹語鷹曰：「吾與子均死矣！彼彘方掘地以陷我！」鷹大恐。貓復下，以語野彘曰：「鷹將攫爾雛！」野彘亦恐。於是，鷹、彘均守其巢與穴，不出。貓夜出取食，竊啖其子；鷹、彘及其子皆槁死，盡果貓腹。

---

186竇，孔穴。

187居閒，當中間人、保證人。

188野彘，原文作「野鷹」，誤。《意拾喻言》之〈貓鷹豬同居〉作「野豬」。

### 184.恥見偽獅

一狼誕生而多力，逾於常狼，狼族不名之狼，名之曰獅。多力之狼，亦自以為獅也，乃去羣而偶獅。老狐譏之曰：「吾願吾族不至如汝之驕，而喪其本心！爾處狼中名獅，其處獅中必仍為狼，吾恥見偽獅也！」

畏廬曰：「觀無志之人，偶通西語，其自待儼然西人也！使彼一旦惻然念吾族之衰，恍然悟彼族之不吾齒，方將汗流被體矣。嗟夫！偽獅之見為，尚不失嗤多力之狼，若偽西人者何物耶？」

### 185.騾父

騾飽食而無事，驕甚，自言曰：「吾父必神駿，故吾逸足，非恆騾所及！」明日，主人乘而遠行，騾苦之曰：「吾過矣！吾父實一驢也。」

### 186.池湫二蟆

二蟆相距至邇，一處深池，人莫之見；一處小湫，其旁為村路，實行人所經。池蟆語之曰：「君家至險，宜徙！胡不遷而暱我？且豐其食！」湫蟆曰：「吾重其遷，且故居，吾甚安之。」已而笨車過，輪陷湫，湫蟆死焉。

畏廬曰：「境地為萬人所爭趨者，其託足必不牢；矧不審世故之夫，謬處於名場，顛蹶為尤速矣！」

### 187.神巫大窘

神巫坐於四達之衢，為行人語休咎[189]。有人倉皇告曰：「君家為人劫，盡喪其家具[190]矣！」巫大窘，黠者謂巫曰：「君日為人語休咎，家

---

[189] 休咎，吉凶禍福。
[190] 家具，此指財物。

之凶兆，顧[191]不之省，何也？」

### 188.鷹破器報恩

蛇與鷹戰酣，鷹為蛇糾[192]數通，弗釋。有村人過，為鷹解其縛，鷹疾颺；蛇怒，陰吐涎於村人之飲器，村人不知，鷹下爪破其器，村人遂免。

### 189.啣石救渴

鴉渴，見巨瓶寘於庭心，趨而飲之。水積其半，而瓶口小，不受啄。鴉啣小石填之；石滿而水上溢，乃救其渴。

凡物，需之深者，巧始出。

### 190.化狼盜衣

盜客[193]於逆旅主人，患無以給，將出其技行竊，以償主人，久伺不得當[194]。一日，面主人衣新衣，坐於門次，盜即與語。倦而效狼嗥，主人愕問之，盜曰：「君試執吾衣！然吾亦不自知其故，殆有奇疾，每倦而呵氣，必化為狼食人！」已而復呵，主人大恐，以為果化狼也。盜堅請主人執其衣，謂化狼時，弗致糜爛。言次，又大嗥如狼；時主人衣亦為盜所引，不放。主人窘極，自脫其衣，盜即挾之以逃。

### 191.鹿嚼樹葉

鹿見窘於獵者，翳於葡萄樹之下。獵者過之，鹿自謂脫險，乃大嚼葡萄樹之葉。獵者聞葉聲甚繁雜，覘逃鹿在焉，返而射之，鹿死。鹿瀕死曰：「吾死分耳！葡樹全吾命者，吾奈何食其葉，以趣獵者之射？」

---

191 顧，反而。
192 糾，纏繞。
193 客，租屋居住。
194 不得當，找不到適當的機會。

## 192.蟲與獅鬪

飛蟲即[195]而語獅曰：「吾不畏君，君雖勇亦不能窘我！君名為獸王，何有於我？蓋君以爪牙勝，吾視之猶如婦人之詈人。吾自謂勝君十倍；苟不信，試與吾鬪！」蟲語竟[196]大嚶，如軍之宣號鳴笳者，直前螫獅鼻；獅大怒，以爪探其鼻，血湧出不止，而卒無如蟲何！蟲大勝，長吟而去。已而觸於蛛網，為蛛所得。

畏廬曰：「古來小人之毒，可以陷權相，傾大帥，折服朝貴，無與相牾，卒乃見讒於同利之小人；非將相之力不及也，輕其人不為備，久乃反為所覆。若同利之小人，貌雖與羣，心則日備之，且同利無終合之理。故能死小人者，必小人！」

## 193.酸葡萄

狐餒而行於道，見已熟之葡萄，紫實垂垂然，思欲食，而力不能勝，忍飢而去，因自解曰：「此果酸不可食，殆未熟耳！」

畏廬曰：「落第者，恆以新貴為不通，惟其有甚欲得之心，而卒不得，造言自慰，往往而有。故聽言者，必察其發言之端，與進言之由。」

## 194.胡桃累實

胡桃植於道周，果纍纍然。行人以百計取之，或磔石[197]，或梃擊[198]，日集其側。桃樹慼喟言曰：「吾命殆矣！彼既取吾實，乃竟以箠楚見報耶！」

---

195 即，靠近。
196 語竟，說完。
197 磔石，用石頭擊裂。
198 梃擊，用棍棒擊打。

畏廬曰：「寘一大市場於五洲之東，地廣物博，其實豈僅胡桃？得之者豈僅於磔石而擊梃？吾乃有四萬萬眾之園丁，不能衛此樹，聽其摧殘於人，哀哉！」

## 195.狼吹觱篥[199]

羔歸於磧上，失牧而見窘於狼，羔語狼曰：「吾固公吻上之物，然甚有求於公者。及吾未死之身，君吹而我舞，盡歡而死，於願斯足！」於是狼舉啞觱篥吹之，羔舞於前。觱篥聲方徹，而護羊之狗大集，爭撲狼。狼顧羔曰：「吾不得汝，蓋吾自取！吾屠者耳，奈何變業為樂工？失汝宜也！」

## 196.猴與豬龍

舡人[200]海行，以猴自隨。甫離希臘之口，大風起於海上，舡覆，舡人及猴均鳧水[201]思遁。豬龍見之，以猴為人也，乃取之而登岸。垂及雅典里許，豬龍問猴曰：「汝其雅典人乎？」猴曰：「然！吾且雅典世族也！」豬龍曰：「爾知庇利亞[202]為雅典最馳名之海口乎？」猴以庇利亞為人也，遽曰：「是吾良友！」豬龍不悅，沉之海中。

畏廬曰：「以誠語人，人或為動；用詐術者，匪不敗露。」

## 197.馬圖復仇

馬行於空闊之地，若據其地為常牧之場，鹿過，竊齧其草，而欲甘心[203]於鹿，乃延人以取鹿。人曰：「汝苟能就吾銜轡，則將乘[204]汝以圖

---

199 觱篥，樂器名，以竹為管，以蘆為首，狀類胡笳而九竅，其聲悲咽，音如沙啞，故文中稱「啞觱篥」。

200 舡人，舟人，船夫。舡，船。

201 鳧水，泅水，游泳。

202 庇利亞，Piraus 之音譯。

203 甘心，快意戮殺。

204 乘，登，騎。

鹿！」馬急仇，諾之。既鞍，而馬悟曰：「吾欲圖復吾仇，乃轉與人為奴耶！」

畏廬曰：「急仇而不圖自立，依人而求復其仇，未有不受辔於人者也！」

### 198.鸜鵒[205]塗堊

鸜鵒見鴿集於倉庾[206]，大果其腹，乃自以白堊塗羽，就鴿取實。鴿見鵒無聲就羣，以為同類也，亦與食。一日，鸜鵒大鳴，其聲甚異，羣鴿覺而爭攻以喙，逐去之。鸜鵒既不得食，歸而自就其羣；鸜鵒之羣，見被堊之鸜鵒，顏色不類，亦逐去之。

是鳥也，欲兼二族之利，而卒無一得。

畏廬曰：「小人飾行以溷君子之林，若不自攄己見，發為論說，君子亦足以容之；然而，小人未有不逞其論說者也，作偽者必不安偽，至見斥於君子，退就小人之羣，而又隨挾其君子之貌以相嚮，則尤為小人所不容矣！」

### 199.狐猴同行

狐與猴同行於墟墓之閒，豐碑林立。猴與狐曰：「是神道碑[207]，咸紀吾先德者。方吾祖生時，大有聲譽！」狐曰：「君譊，固必擇其甚美者居之[208]，吾知之矣；第恨此墓中人，竟無能起而指君之妄！」

---

205鸜鵒，jackdaw，一般譯為穴烏。
206倉庾，米倉。
207神道碑，立於墓道前用以記述死者道德功業的石碑。
208君譊固必擇其甚美者居之，你倒是選擇了一個最好的方式來說譊吹噓。

## 200.覘風知草

有人娶妻，不見直於家人[209]，其人醰思：「吾婦既劣，苟甯[210]婦家，彼其家人之所以處之者，亦得如吾家否？」乃偽遣其婦[211]；婦去而復，曰：「吾甯吾家，而家贍之牧人，咸不我直。」其人曰：「彼牧早出晚歸耳；設彼牧與爾長日處者，又將如何？」

嗟夫！相人猶相草，但覘風信所嚮，立知草之勁弱矣！

## 201.攜肉餌狗

盜伺人家，將穴牆入，攜肉自從，餌狗俾勿吠。方盜授肉時，狗曰：「爾以此餌吾，誤矣！凡無因賄人以珍饌，是益啟人疑，而備爾；且是物之來，爾必將挾其所私，而禍吾主人也。」

## 202.誠偽二客

二人同客，一誠一偽。一日山行，誤趨猿穴。穴猿有僭號為王者，令衛[212]土捉二人至，俾言人類視猿者何如？且悉召其類，狀若朝覲，分別以侍，儀衛殆如人也。二人既至，猿謂曰：「余可方何如主[213]？」偽者曰：「以臣思之，蓋令主[214]也！」猿曰：「爾相吾侍臣何如？」曰：「均佐命之臣，其下者猶為專使與兵主[215]。」猿王大悅，賜之以珍物。誠者傍伺見之，以為：其人謊也，而王如此；吾苟以誠進，理當更得殊錫！已而猿謂之曰：「吾君臣究何若？」誠者曰：「王美猿，王侍者亦美猿耳！」猿大怒，令碎裂其軀食之。

---

209 不見直於家人，不被家人喜歡、接受。直，宜。
210 甯，通「寧」，此指女嫁歸省。
211 偽遣其婦，託辭送其妻回娘家。
212 衛土，疑為「衛士」之誤。
213 可方何如主，可類比怎樣的國君？方，比。
214 令主，有盛德的君主。
215 兵主，將領。

## 203.狐與獅處

狐所處，終年未見獅。一日，遇獅於叢薄中，狐大震欲僵，獅釋以去。明日又見之，驚略殺。又明日復見，則夷然不復知懼，徐與之言。

故唯能習人者，漸乃消其害己之心。

## 204.老鼠歷劫

有黃鼠狼老而憊，不能捕鼠，乃入於粖屑[216]中，俾其毛純白，匿於暗陬[217]。鼠過之，以為薥之供飯者，趣前食之，狼乃撲而取之；又一鼠更進，復見食於狼；羣鼠繼至，均無免。最後一老鼠至，蓋歷累劫而幸生者，見即知狼之詭，乃曰：「若匿此耶！吾見爾長伺於此，冀吾之膏若吻[218]，難矣！」

畏盧曰：「閱歷久者，遇禍恆鮮於淺人。」

## 205.童子垂溺

童子游於河，垂溺矣！行人過其上，童子大號求援，其人弗應，立而視，且申申[219]詈其失計。童子曰：「君先援我得出，責我未晚！」

夫人臨難，弗脫人於險，雖善其箴規何益！

畏盧曰：「雖有良友，切勿進箴規於其未安甯時！」

## 206.孔雀愬[220]神

孔雀愬於神[221]曰：「鸚鵡歌而聞者咸悅，臣獨弗能，何也？」神曰：「若軀偉於彼，且有文章；其項如碧玉，修尾燦金，五色斑爛，亦

---

216 粖屑，米或麥的粉末。
217 暗陬，僻暗的角落。
218 膏若吻，潤澤你的嘴角，意即被你吃掉。
219 申申，一再。再令曰申。
220 愬，同「訴」，告。
221 神，此指Juno，羅馬神話中專司婚姻及婦女的女神。或音譯為朱娜、朱諾。

云足矣！」孔雀曰：「是何益於臣？文雖蔚而不能聲，殆啞文耳！」神曰：「是天所定：若文，鷹鷙[222]，鸚善鳴，鴉警禍，鵲送喜。是數者，咸安其能；若獨不自足，誤矣！」

### 207.以狼代牧

狼隨羊於牧，久隨無噬羊之心。牧者見之，其防愈周，凡狼之動靜，牧者之神咸矚之，而狼之視羊加親，不露饞吻；牧者少安，漸引狼為同牧之人。一日，牧人他往，令狼代牧，狼大嚼羊，死者逾半。牧歸見之，喟曰：「是吾自召！吾何為以羊授彼耶！」

### 208.兔缺牙爪

羣兔聚獸[223]於原野，輩中一兔倡曰：「吾輩[224]在禮宜平等！」獅曰：「爾言良善！恨爾缺其牙爪，於吾輩焉得平？」

畏廬曰：「甚哉，牙爪之不可少也！兔以牙爪之缺，不能求等於獸。謂衛國者無兵，可以儕列強耶？」

### 209.斲人鬻象

人有斲水星之神[225]為象，鬻之於市，無過問者，乃思以術張之[226]，呼於市曰：「人孰得此者，神將助其得巨富！」市人曰：「君胡為不留以自肥其家？」斲人曰：「吾須錢急耳！彼神之福人以財，其效甚紓[227]，吾不能待也！」

---

222 鷙，兇猛。
223 聚獸，聚集羣獸。
224 吾輩，我們獸類。
225 水星之神，Mercury，亦即財神。
226 張之，招引買客。
227 紓，緩慢。

## 210.鸚求鷹釋

鸚棲於巍橡之柯[228]，歌既酣，鷹疾取之，鸚哀曰：「吾軀幹小，不足以果君腹，請釋我！」鷹曰：「爾為吾食之精品！食爾，吾分也；若釋此他擇，不其愚乎？」

畏廬曰：「強鄰舍我何擇？」

## 211.主人刈麥

百舌之鳥[229]巢於麥隴，伏卵數，咸得雛，雛且燥矣[230]。一日，主人至曰：「時至矣，吾將召鄰以刈麥矣！」雛聞，告其母請徙，母曰：「勿須！彼方恃其鄰，非真欲刈麥者！」已而麥大熟，主人復臨視，言曰：「吾行[231]須自刈，且以工來！」母鳥聞而告其雛曰：「是當徙！彼先恃其鄰，鄰安得助；今自來，其志決矣！是當徙！」

凡天下求助於己，乃得真助。

畏廬曰：「為國家而借助於人，虞心[232]因之而滋，鬬志因之而餒，則舉國張皇[233]！若敵患非其國所應有者，病在恃人助，而不自助也。自助之云，先集國力；國力集，則國羣興，無論敵患可以合力禦之，即大利亦可以合力舉之。若事事恃鄰而行，彼鄰苟無所利，又安能為我？即為我矣，能如我之自為耶？深澗在前，猛虎在後，雖知其死，亦必超澗以避，閒或[234]得免，是又誰助？人能時時存爭命之心以趨事，則求助於人之心熄，事集而國強矣！」

---

228 巍橡之柯，高大橡樹的樹枝。柯，樹枝。
229 百舌之鳥，lark，即百靈鳥、雲雀。
230 雛且燥矣，雛鳥即將羽毛豐滿了。
231 行，將。
232 虞心，虞度外援之心。
233 張皇，慌張。
234 閒或，即間或，也許。

### 212.狐欲取雞

犬與雞友，迨夜同栖於叢蔚之閒，雞飛集於林端，犬則伏穴。朝曦甫上，雞大鳴，狐聞而欲取以為晨餐，乃臨樹而語，亟稱其鳴，將與為友。雞疑狐意之弗善，乃令狐趣穴而上樹，狐信之，爪誤蹴[235]犬，犬起遂食狐。

畏廬曰：「天下惟冒利之人，始為人陷。」

### 213.狼取驢刺

驢食於田，狼欲取之，驢乃偽跛，狼就而問之，驢曰：「吾行籬西，棘刺吾蹄，爾若食我者，防棘傷爾齶，君試為吾蹄出刺！」狼諾，伏而取之；驢踣狼，傷其吻。

畏廬曰：「甘言者無善意。」

### 214.殺羊治驢

有人畜羊，復畜一驢。山羊見驢健於食，嫉之，謂曰：「主人待子良薄，時而運磨，時而載重！」因諷[236]以託疾，佯墜於溝，可以自蘇其困[237]。驢信之，果自跌傷，主人延獸醫，醫曰：「出山羊之肺塗之，創當愈[238]！」於是主人殺羊。

### 215.獅將捕牛

獅將捕牛，而惡牛巨，思以計取之，乃進而語牛曰：「屬[239]且殺

235 蹴，踩踏。
236 諷，勸。
237 自蘇其困，指得到休息。蘇，困而得息。
238 愈，痊癒。
239 屬，臣屬。此處為獅之自稱。

羊，而[240]能臨吾居而共食之，至幸！」獅意欲驅牛於穴，易於野搏；牛行垂及穴，見大坑臨其前而不見羊，知獅誑也，疾趨而回，獅追語曰：「臨吾門而弗入，且吾未嘗無禮，去我何也？」牛曰：「吾臨穴不見羊，爾意殆在牛耳！」

畏廬曰：「爭利之場，人人用心，均如此獅！人能不以小利動者，或無陷穴之禍。」

## 216.狐踐面具

狐入優人之家，盡取其物。見面具，狀甚如人，以足踐之曰：「是物良佳，恨無腦以實其中耳！」

畏廬曰：「人安可虛有其表！」

## 217.鴟與�斯

鴟夜搏物而晝臥，螽斯鳴其側，鴟惡而止之，螽斯鳴益急；鴟怒，起而語之曰：「君鳴破吾睡，然吾有物便君飲，苟當意，來與吾同！」螽斯方渴，急起而就其巢；鴟出撲殺螽斯，螽斯至死不悟。

## 218.膠雀[241]蹴虺

有膠雀於野者，聞畫眉鳴樹顛，舉膠竿徐進，誤蹴毒虺。虺噬其足，毒發，膠雀者曰：「吾欲捕人，乃為人捕乎！」

## 219.驢馬相調

主人盛飾其馬，奔迅閒，遇其家驢於道。驢方任重行蹇，馬語之

---

240 而，通「爾」，你。

241 膠雀，以黏鳥膠(birdlime)捕鳥。

曰：「吾不能不踼君以足[242]！」驢夷然弗爭。已而馬病肺，主人置之田，為驢所為，驢調之曰：「君神駿何服此？昔之轡鞍又安在？君嘗鄙穢吾，今亦猶吾乎！」

畏廬曰：「人不可以無養[243]！凡失志為人調者，其始蓋能調人者也。」

## 220.蠅趣騾行

蠅栖於車軸，趣騾曰：「行何蹇！胡不疾舉而蹄！且而策[244]吾不能嘬爾膚耶！」騾曰：「吾安能聽爾！蓋吾所稟承者，車中人耳！彼轡吾而策吾，緩急我自凛之，爾言胡為者！」

畏廬曰：「細人託貴要宇下，轉以意氣加其家人，未有不取戾者。」

## 221.為羊籌牧

狼見山羊嚙於巉巖[245]之巔，無計得之，乃呼曰：「巖危！失足且顛，不如平地，草纖而肥！」羊曰：「君圖療其飢耳，非為我籌牧場也！」卒不應。

## 222.獅搏三牛

三牛共牧。一日，獅伏於叢蔚之中，將取之；患其合羣，力不能制，尋以法遣[246]之，起而搏之，遂盡三牛。

畏廬曰：「斯賓塞爾講羣學[247]，以詔其國人，防既離羣，

242踼君以足，用腳踼你。
243無養，沒有涵養。此指得意忘形。
244且而策，為了鞭策你。而策，「策而」之倒裝。而，通「爾」，你。
245巉巖，險峻的高山。
246遣，離，分開。
247斯賓塞爾講羣學。斯賓塞爾（即註1之斯賓塞氏）於1851年出版的《社會靜態學》中，強調個體力

即為人搏也。吾華人各為謀，不事國家之事，團體渙，外侮入，雖有四萬萬之眾，何益於國？又何能自免於死？」

## 223.預樂踵憂

羣漁出就漁所[248]，舉網沉[249]，漁者大悅，以為得魚夥耳。迨舉，僅數魚，半雜沙石，漁者爽然失望。漁中老人語曰：「何必然？凡愁苦之事，恆與歡樂者對待！吾維預樂，所以踵憂！」

畏廬曰：「古人恆語樂極悲來，余以為均因心造境也。審得悲樂之事，為人所恆有，惟不蓄極樂之心，則亦可減極悲之念。此語非身試之者不驗，亦非有學養以濟之者，亦不能以吾言為驗。」

## 224.村鼠城鼠

村鼠延城鼠出遊，並以觀虛[250]。城鼠既至，所饜者均麥格[251]草食，喟然曰：「君居此良苦！苟移居就吾，吾將以珍饌饗君！」村鼠悅，與之偕入。城鼠食以巨豆，與麪，及葡萄之脯，冬蜜、無花果之類，其尤珍者，則牛乳之餅。村鼠莫知所報，自傷身世，居非其地。方聚食間，主人入，二鼠奔穴；穴小莫容，窘甚。迨人去復出；出，而主人復至，二鼠居櫥間大困。村鼠喟然曰：「饌多，而吾悸亦甚！是宜為君專饗，吾歸吾村，傍無窘我之人，吾亦足樂，無須城也！」

畏廬曰：「當使暮年墨吏讀之。」

---

量對社會的重要性，應即此處林紓所謂的「羣學」。此外，尚著有《政府的適當權利範圍》、《人口理論》、《人對國家》等。

248 羣漁出就漁所，幾個漁夫去到捕魚的地方。

249 沉，重。

250 虛，舊居之處。此指住處。

251 麥格，麥稈，麥梗。格，音ㄍㄜˋ，草木之枝。

## 225.狼狐競辯

狼詈狐竊其食，狐弗承，老猿居間，斷其曲直。狼與狐競辯間，猿折狼曰：「君何人？乃至自疏其防，令以己食授人！」又謂狐曰：「吾累觀爾之行竊，往往不承！」

故天下心術既左[252]，即有善行，人亦無信之矣！

## 226.蜂鳥求飲

蜂與鳥並飛，求飲於村人曰：「苟飲我，我必報君！」鳥曰：「君植葡萄，吾以啄掘地，令土質鬆動，果必大碩！」蜂曰：「我為君司偵，盜來吾必螫之！」村人曰：「吾畜二牛，吾未有以償其力，彼已為吾行田，吾即有水，當與彼，爾何能冀？」

畏廬曰：「家有忠僕，國有純臣，其君與主，習安其良，未嘗突加以獎勵之語；至外有所形，則中有所動，始曰：吾僕忠也！吾臣純也！然其仍不與水之心，與待蜂鳥無異也。」

## 227.子妍女媸[253]

村人生一子一女，子妍而女媸。子女一日同嬉，見鏡瑩於其母之牀，子喜貌妍，對鏡自賀；女怒奔告其父。父乃並坐於膝上，並親之以口，告曰：「吾欲爾二人常臨鏡。男也貌美，則且益葆其美；女也貌媸，則益修德以掩媸！」

畏廬曰：「媸安可掩？然人悅其德，則亦不厭其媸。此古人所以願娶醜婦也。」

---

[252]左，不正。
[253]媸，音ㄑㄧ，醜。

### 228.狗嚙獅皮

狗見獅皮，嚙碎之。狐謂之曰：「是夫也，苟生也，其爪當愈於君牙！」譬人方墜騎，臨而蹋之，彼焉能報？

畏廬曰：「知人之無能為報，大肆其詆訶，其人狗；其傍處竊笑者，皆狐也。人能防狐，始不為狗。」

### 229.盲人揣畜

盲人能以手揣畜，而辨其名。一日，人以狼豎[254]試之。盲人捫之竟，曰：「吾未知其為狐雛狼雛也，若投之羔羣，則羔必無幸！」

故小人之性情，於童騃[255]時，已為人所測。

### 230.履匠業醫

補履之匠，不能自食，易業為醫，標其善藥曰：「是藥能去毒！」且廣張其榜以取名。一日，司城之官欲試其術神否，乃出杯水，偽為寘毒其內，令醫飲之；醫大窘，自承曰：「吾實無藥以去毒，前云偽也！」於是司城之官，遍告其民，以實[256]補履者之偽。

畏廬曰：「以偽遇黠，偽者必窘！雖然，長厚者，亦非不能力發人偽也，不為耳！」

### 231.狼躪人田

狼躪人田，遇馬於陌，請之入田覓食。馬曰：「是中果有食，君已饗矣，何由及我？」

---

254豎，未冠之兒童。此指幼狼。
255童騃，年幼無知。騃，音ㄞˊ，癡，無知。
256實，驗實，證明。

畏廬曰：「不見紿[257]於人者，在不茍取於人。」

## 232.二仇共載

二仇共載，分船之首尾而居。一日遇颶，船且沉，後載之人問舵師曰：「譬此船沉，先沒其脣[258]耶？抑沒其舵？」舵師曰：「先沒船脣！」後載之人曰：「果爾，吾即見吾仇之死矣！」

## 233.二雞相鬭

一人畜鬭雞二，復購一鶉，令與雞同栖。鶉為雞撲，大窘，以為窘我者不同類耳。一日，見二雞自相鬭，大悟曰：「吾今不復咎雞矣！彼同氣不能相容，何能容我？」

畏廬曰：「凡樹黨而攻人者，黨中之人，久之必自攻。蓋不爭則無黨，黨成則爭益烈。始尚合黨以攻人，繼則反戈而自攻，氣以銳發，不可遽斂，且耳目聞見，均爭事也，遂以能爭為黨人之職，亦不擇其黨中黨外之人，觸則必爭！試觀蜀、洛、朔之黨[259]，其初本與新法為難者也，元祐罷新法，諸黨人宜可無事，乃君子與君子相攻尤烈。嗚呼！此皆不明於種族之辨者也！天下所必與爭者，惟有異洲異種之人；由彼以異洲異種目我，因而陵鑠[260]侵暴，無所不至。今吾乃不變法改良，合力與角，反自戕同類，以快敵意，何也？」

---

257 見紿，被騙。紿，音ㄉㄞˋ，欺騙。
258 脣，口之緣，此指船之前緣。
259 蜀洛朔之黨，即宋哲宗元祐年間朝臣三黨：蜀黨蘇軾、呂陶等，洛黨程頤、賈易等，朔黨劉摯等。
260 陵鑠，宜作陵轢，欺凌輕蔑。《史記．魏其武安侯列傳》：「陵轢宗室，侵犯骨肉。」

### 234.蟆蓄善藥

蟆一日自標其門曰：「凡物有病，吾蓄善藥，能愈之！」狐見而問曰：「君何能處方？君跛而皴[261]其皮，不能愈，胡能愈人！」

畏廬曰：「人貴自治。」

### 235.狼譖狐

老獅病困於穴，羣獸來覲，狐獨不至，狼乘機以譖[262]狐；方浸潤[263]間，狐至，而獅已中讒，大咎狐，狐辯曰：「孰如臣之忠於大王者？臣所以後至，方四出求醫以侍大王，臣焉敢後？」獅曰：「爾何術足以愈我？」狐曰：「得生狼之皮，被之王身，疾當愈！」獅立命取狼皮。狼就死時，狐謂之曰：「爾當輔王以善，奈何以惡言進？今定何如！」

### 236.犬軀屈伸

犬方冬睡時，必曲旋其軀，以首就尾自熱；迨夏，則伸其軀矣！

畏廬曰：「人之屈伸須待時。」

### 237.風日爭權

北風與日爭權，試之路人，孰先褫其衣者勝。北風肆力以吹人，風力愈迅，而行人愈縮，而兜其衣；風憊，讓日為之。日光甫及，行人解衣，已莫勝熱，且盡去其下衣入水矣！

故以壓力勝人者，恆不勝，不若令人自解之速也。

---

261 皴，音ㄘㄨㄣ，皮粗而皺。
262 譖，讒言毀謗。
263 浸潤，喻讒言由漸而入，猶如水之浸濕滋潤。《論語・顏淵》：「浸潤之譖，膚受之愬不行焉，可謂明也矣！」

## 238.鴉忘故恩

人籠得鴉，鴉籲神[264]以脫其囚，且云：「苟自脫，將以馨香酬神。」鴉果得釋；出險，遂忘其酬。他日，更為人得，復禱他神[265]。神曰：「鄙哉禽也！爾忘其故恩，更來求我，我何由信之？」

## 239.狐鷺相饗

狐延鷺飲其家，初不治具[266]，惟豆羹一器，攤之盤中。狐餂[267]之快絕，鷺啄雖銳，得豆恆少，豆遂盡為狐食。他日鷺報饗，以瓶貯饌，鷺啄能入，狐則不能。蓋撒豆於盤，鷺閒得之；而實饌[268]於瓶，狐力僅能嗅之而已！

畏盧曰：「以機召者以機應。」

## 240.狼自顧影

狼行於山下，西日將匿，射狼影絕大，其長幾盈畝。狼自顧影，歎曰：「吾影如是，是宜為王，胡為畏獅？」正凝想間，而獅斗[269]起於叢薄噬之。狼曰：「吾自視逾其量，得死之由，其在是乎！」

畏盧曰：「凡居不可終據之勢，而擅其威福者，均狼之顧影也！」

## 241.蝙蝠夜飛

鳥與獸鬨，殺傷相當，蝙蝠居間，遇勝則附，遇敗則叛。一日，二

---

264神，指Apollo，阿波羅神，希臘與羅馬神話中司日光、醫療、音樂、詩、預言、男性美等的神。
265他神，指Mercury，財神。
266治具，準備接待客人所需的東西。
267餂，音ㄊㄧㄢˇ，取。此指用口舌啖食。
268實饌，盛滿食物。
269斗，猝然。

氏締盟，蝙蝠反側[270]，遂為二氏所覺，禁之不令晝見，以夜飛行，如狗盜焉。

## 242.見燕去袍

一少年喜揮霍，盡亡其產，惟餘寬袍一襲。一日，遇燕掠池面而過，少年以為夏垂至矣，可勿需袍，遂取以易錢。已而冬寒，見燕凍死於池面，歎曰：「傷哉鳥也，胡為死此！爾方春而嬉，不為寒計，爾宜死爾；而我見汝而去其袍，今亦殆矣！」

畏廬曰：「善謀國者必備患於未然，不能以已治已安，遂弛其備。」

## 243.吹角之兵

吹角之兵，其聲雄厲，聞者咸為鼓動。一日見獲於敵，乃乞命於守者曰：「吾司角耳！身弗挾刀，且未斃君隊一人，可以逭[271]吾死乎？」守者曰：「此吾所以殺君也！君不殺人，而吹角嗚嗚然，已足以鼓動人人殺人之心，此君之所以死也！」

## 244.角鴟見譏

角鴟詔羣鳥曰：「橡樹之子方萌芽時，爾輩必踐而壞之，勿令生長！以橡樹有膠，取以膠鳥，無免者；又麻林方生，亦須壞之，此樹亦足以害吾族！」繼而見射生者至，知將以矢鏃從事，呼羣鳥避之。羣鳥不應，且譏其妄；尋果見弋，始神角鴟之言，羣奉以為師。鴟怒眾愚，亦不之詔。

畏廬曰：「角鴟不足言，而其智則可尚！西人抑印度，

270反側，反覆，不正直。
271逭，音ㄏㄨㄢˋ，免。

不使力學，令終身無嚮明之期，此即殘橡子壞麻林之智也。今又將施其智於黃人矣！黃人中脫有以此言進者，方羣目為角鴟而逐之。嗟哉黃人！受弋之期不遠，奈何羣逐角鴟耶！」

## 245.美惡殊途

舉天下之美者，一日盡為惡驅之。於是羣美所應據之席，盡為惡據。美之族類愬之天帝[272]曰：「臣求帝還臣之故，勿令彼惡得以侵臣所有；且臣與惡不同類，雜居足以敗臣事，請遠之，俾勿與臣鬭！帝尤當為臣與彼惡分途而趨，令勿溷臣！」帝許之，諭曰：「凡今惡物當類聚，其入世也，必以隊行；若眾美之族，當徐徐附人，不當麕至[273]人世，示與眾惡殊途！」帝命既錫，惡族遂夥於美族。然美族劃然自分於羣惡之中，故世人亦易從而識別之。

畏廬曰：「此傷心之言。」

## 246.驢蒙獅皮

驢蒙獅之皮，出遊，羣獸咸懾，驢樂甚。嗣遇一狐，譏之曰：「使吾未聞君鳴，吾亦幾懾矣！」

## 247.雀詆兔

兔見攫於鷹，知不免，乃恣哭。雀見而詆之，曰：「若足樸遬[274]善走，胡為見及？」雀語未竟，鸇已取之。兔垂死釋然曰：「若乃自鳴得意，見吾死而樂；今何如矣！」

---

272 天帝，Jupiter。
273 麕至，羣集而至。
274 樸遬，亦作「撲朔」。〈木蘭詩〉：「雄兔腳撲朔，雌兔眼迷離。」

## 248.蚤與牛

蚤謂牛曰：「君博而多力，乃受箠於人，弗較，何也？吾為小醜，然嘬人膏血，人弗能報，似勝君矣！」牛曰：「吾戀恩，故於人無尤。試觀人雖笞我，有時而撫吾背，又似暱我，我何敢仇？」蚤曰：「人之撫君者，在君為恩；若以施之我，我立死矣！」

## 249.懶驢相摩

有人性嗜驢。一日，人以驢求鬻，牽而歸，與家驢同豢。外驢與內驢處，然無一合，獨與至懶之驢相摩倚，狀若甚親。其人急授御轡而還諸其人，驢人[275]曰：「君得驢未乘，胡為見還？」曰：「吾觀君驢，與余驢至惰者處，君驢亦必惰！」

故相人但觀其所與。

## 250.鴿誇多子

鴿處籠中，自誇多子。鴉聞，就籠而語曰：「君詡多子乎？子多則君之悲慨者將尤深！試觀君子，均已受樊於人[276]，何誇為？」

畏廬曰：「吾黃種之自誇，動曰四萬萬人也。然育而莫養，生而不攝[277]；人滿而歲恆歉，疫盛而死相屬；因賠款而罄其蓄[278]，喜揭竿[279]而死於兵。所餘總總之眾，又悉不學，誇多又胡為者？哀哉！哀哉！」

---

275 驢人，指賣驢的人。
276 受樊於人，被人關在籠子裡。
277 攝，養。
278 罄其蓄，耗盡積蓄。
279 揭竿，起事，作亂。

## 251.呵暖呵冷

羅馬之人，與一怪人友，其人半軀具人形，其下羊耳。二人締盟，以酒瀝地，誓生死。一日，天寒坐語，其人以手自呵，怪人問之，其人曰：「呵暖以禦寒！」他日同食，餚氣蒸騰，其人復呵，怪人又問，其人曰：「呵冷以祛熱！」怪人大怒曰：「吾不復信子矣！氣出自一人，而冷暖自變其用，此復可名為人耶？」去之。

## 252.三神爭能

古人相傳，人種造自太歲之星，牛種則造自海皇星[280]，屋宇則太歲星之女[281]肇其基。三星既奏功，因各爭其能，就質於莫納室之神[282]。神害[283]三神之能，掩長而詆其短曰：「牛角胡為不置牛目之下？觝時能視敵而厲矣！」又詆太歲星曰：「胡為內其心[284]，而不懸之外？設外懸其心，則一蓄惡念，人已覘之！」又詆太歲星之女曰：「構屋胡為不加以輪軸？設與比鄰不洽，則可以改輪而他徙矣！」太歲星聞其議左[285]，斥諸質所[286]之外。

畏廬曰：「天下變亂黑白者多如此類！故能成一事者，必先不卹浮言[287]！」

## 253.鴉效鷹能

巨鷹自萬峰之巔，攫羔而上，鴉見而羨之，思與鷹競攫肉。飛鳴於牧場，得羖羊而爪其背；爪為羊毛所糾，力掙不能脫，牧者就而捕之，

---

280 海皇星，Neptune，今一般譯為海王星，亦是羅馬神話中的海神。
281 太歲星之女，即Minerva，羅馬神話中司智慧、工藝及戰爭之女神。
282 莫納室之神，即Momus，或譯為摩墨斯，希臘神話中的嘲弄、譴責、諷刺之神。
283 害，嫉妒。
284 內其心，把心放在人體之內。
285 左，違反常理，吹毛求疵。
286 質所，指希臘眾神所居的奧林帕斯（Olympus）。
287 不卹浮言，不在意不實的批評。

反翦其翼，歸以授其子。子問牧人曰：「此何鳥耶？」牧人曰：「殆鴉也！彼其自況，則鷹耳！」

畏廬曰：「行事宜自量其力。」

### 254.鷹與狐友

鷹與狐友，謀同居。鷹巢於巨木之柯，狐即穴其下，誓相安。無何，狐外出取食，留雛其穴；鷹飢，撲殺乳狐，以哺其子。狐歸大悲，既悲其子，又悲其不能復仇也，思所以報之。一日，鷹飛經廟門，眾方炙肉祠神，鷹疾下攫肉，炭火膠肉上；歸巢，巢焚。鷹雛悉墜，狐徑前食之都盡。

### 255.人生二囊

舊籍有言，人生之時，項上必帶二囊：其一小囊也，所納恆他人之過失；其後囊大，貯一身之過失。故人之觀人過也恆明；燭己愆也恆闇，囊背也！

### 256.狗據人地

牝狗將乳，求地於牧人，以誕子，牧人許之。子生，狗復求漸居其地哺子，牧人亦許之。迨狗雛長，遂據其地，牧人至則噬之，不令近也。

畏廬曰：「今日寄吾門庭而誕子者，子碩且勇，方日噬其主人矣！吾不咎予地者之過，咎夫不求人狗相安之方，而日挑其怒以招其噬也！」

### 257.鹿角梗樹

鹿苦暑，就飲於池，見水中之影，角槎枒而巨，自悅其偉貌；復念角巨而蹏乃纖，因大不平。方鬱伊間，獅至，鹿大奔絕疾。然馳於平原，則鹿疾而獅鈍；迨入深林，角梗於樹，為獅所及，始大悟曰：「吾乃真愚，且復自欺！吾足善走，吾則鄙之；吾角足以死吾命，吾則悅而稱之！」

嗟乎！凡物之侈貴於平時者，均其可輕者也。

### 258.百舌葬父

古籍相傳，天地未判以前，已生百舌。百舌喪其父，不得地以瘞，陳尸五日；越六日，子鳥大悲，葬其父於其腦。至今頂上生毛一簇，人以為墓樹云。

### 259.蟲栖牛角

蟲栖於牛角，久不去。每飛輒鳴，問牛曰：「曷同行乎？」牛曰：「吾未見若之來，若去余又安能屑意？」

故小人恆自貴其身，而有識者未之重也。

### 260.駝效猴舞

羣獸聚於山林，猴起舞，眾悅其中節，處猴以高座。駝見而悅之，思以悅眾，亦起舞，而醜態百出，眾噪逐之。

故人欲逾量以媚世者，恆不能得。

### 261.羣狗膨亨[288]

羣狗飢，聚於河瀕，見中流浮牛革，欲取食之。念河漲莫涉，乃爭飲河，俾河乾取革，於是羣狗皆膨亨而死。

畏廬曰：「非義之利，猶革之浮於河也。不舍命以求

---

288膨亨，脹破肚皮。

之，安有死法？」

## 262.鴉待果熟

鴉飢欲死，栖於無花果之樹。樹實已落，尚留其一二顆，顧瘠而未熟，鴉留待之，為狐所覺，箴之曰：「而誠自愚！乃望不可必得之物，而救其疲，容可冀耶！」

## 263.樵夫墜斧

樵伐樹於河干[289]，墜其斧於水，樵大哭，水神[290]見樵而慰之曰：「若何哭為？」樵告以喪斧，行且無以自贍。神入水取金斧與之，曰：「是若所墜者耶？」樵曰：「非是！」神復入，出銀斧曰：「是乎？」樵曰：「否！」第三入，始出樵舊斧，樵得斧大悅；神樂其愿[291]，遂並賜以金銀之斧。樵歸告其親屬，其輩中一人欲踵其跡，冀得如前樵，遂故往擲其斧，神復見於水上，察其喪斧也，亦立授以金斧，示之曰：「是若斧乎？」某人直前取之曰：「良是！」神不悅，索還其斧，不更為其覓舊斧矣。

畏廬曰：「此與《酉陽雜俎》中所載築糠三版[292]事正同。實則秉至誠者，無往不得人憐也。」

---

289 河干，河畔，河邊。

290 水神，Mercury。

291 愿，正直善良。

292 築糠三版，故事見於〔唐〕段成式《酉陽雜俎》續集卷一《支諾皐（上）》。新羅國貴族金哥之遠祖旁㐌，其弟甚有家財。旁㐌家貧乞食，國人有與其隙地一畝，旁㐌乃求蠶穀之種於弟，弟蒸而與之，而㐌不知。至蠶時，生一蠶，大如牛，其弟知之，伺間殺其蠶；經日，四方百里內蠶飛集其家。穀唯一莖植焉，其穗長尺餘，旁㐌常守之，忽為鳥所折，銜去；旁㐌逐之，上山五六里，鳥入一石罅，日沒徑黑，至夜半月明，見群小兒赤衣共戲，一小兒云：「爾要何物？」一曰：「要酒。」小兒露一金錐子，擊石，酒及樽悉具；一曰：「要食。」又擊之，餅餌羹炙羅於石上。良久，飲食而散，以金錐插於石罅，旁㐌大喜，取其錐而還，所欲隨擊而辦，因而大富。其弟知而欲踵其跡，種穀植莖，將熟，亦為鳥所銜，逐而入山，遇群鬼，怒曰：「是竊予金錐者！」執之，謂曰：「爾欲為我築糠三版乎？欲爾鼻長一丈乎？」其弟請築糠三版；三日，饑困，不成，求哀於鬼，乃拔其鼻，鼻如象而歸。版築，築土牆。版為古代計量城牆的度量單位，每版高二尺，長八尺。

## 264.圃者伐樹

圃者樹蘋果而不實，蟲雀飛集其上，圃者莫利，謀去其樹，出巨斧斫樹根。草蟲與雀求庇於圃者，俾勿伐，且請以歌自贖。圃者勿聽，斧下且急；根垂拔矣，見羣蠭穴於樹心，實蜜滿中，圃者舍斧不忍復伐。

嗟夫！人惟有利於己，始為之動；彼善歌胡為者？

## 265.兩兵遇賊

兩兵同出，遇暴客[293]於路，其一驟奔，其一出械與鬭。賊斃，先奔之兵見賊斃，復返，出刃脫衣曰：「孰劫吾友，吾將與格，且追殺之！彼橫暴吾友，吾必不能赦！」鬭賊者曰：「君語足以張吾氣，然吾信君言已足自雄；君今且匣而刃、御而衣、緘而口[294]，得人足以受君之謊者，然後出之！方君極奔之時，吾已大悟君之神勇，不足令人信矣！」

畏廬曰：「臨難惜命自顧，此不足責也。賊既斃，乃慷慨示義，則誠可醜！吾謂此人尚知義之可冒，其心亦未必忘義者；若夫賣友之人，落井下石，猶自矜其智，心術又在此種人之下！」

## 266.牧者驅羊

牧者驅羊於林薄，見巨橡大逾常樹，其實纍纍然。牧者委衣登樹，而搖落其子，羊食橡子，且齧牧者之衣盡碎；牧者大怒曰：「是物寡恩！爾身之毳，人且衣汝；吾以恩食汝，汝反碎吾衣！」

---

293 暴客，robber，強盜。

294 匣而刃御而衣緘而口，把你的刀放回鞘裡，把你的衣服穿好，把你的嘴巴閉上！

### 267.蚤嘬人足

蚤嘬人足，其人呼天神[295]為之驅蚤。已而蚤復至，其人且號且咎神曰：「蚤微物耳，神不吾佑，設吾遇大仇者，神又將如何？」

### 268.狐與獅約

狐與獅約誓為主僕，各執其事，狐主謀，獅主殺。狐一日語獅曰：「是處有獸，足功晨餐！」獅果獲而獨享之。狐曰：「嗣後無不復爾告矣！」他日游牧場中，而獵犬大至，狐遂斃於犬吻。

### 269.飢狼偵食

飢狼四出偵食，行經人家，聞其母語子曰：「若勿動！若動者，吾將擲之門外飼狼矣！」狼悅，伺門外竟日，不得。迨夜，復聞其母撫其子曰：「若甯貼而睡者，彼狼來，吾將烹之！」狼大窘。歸，其牝詷之曰：「爾何竟日不食？」狼咤[296]曰：「吾惟過聽彼婦之言，所以終日飢耳！」

畏廬曰：「黷貨[297]之人，恆為人愚！愚之者不必有心，而黷貨者處處若皆有利竇[298]焉。殫精疲神，卒無所得。是能咎人耶？當自咎耳！」

### 270.雞伏蛇卵

牝雞見蛇卵，取而伏之。垂出矣，燕語雞曰：「愚哉！爾乃為蛇伏乎？彼雛出，將害人，尤必先及汝矣！」

畏廬曰：「卵翼小人，決為反噬！」

---

295 天神，此指Hercules，音譯為海力克斯，希臘神話中的大力士。
296 咤，歎息。
297 黷貨，聚斂財物。
298 利竇，利益的孔穴。形容貪婪者之善於鑽營。

## 271.松與玫瑰

松矗立園中，見玫瑰花盛開，松喟然曰：「爾姿色至媚，神馨之，人悅之，吾甚妬汝也！」玫瑰謝曰：「公毋然！吾英雖繁，即無攀摘之禍，亦將萎謝；詎得如公凌寒而蒼，仙壽千紀耶！」

畏廬曰：「吾人當自求壽世之學。」

## 272.槐陰行人

行人徂暑[299]，休於槐陰，坐而相語曰：「此樹匪果[300]，留之何益於人？」槐曰：「爾方翳吾陰，胡言無益？」

天下固有受人之庇，而反噬者。

畏廬曰：「患難之心斂，斂則不生惡念；休逸之心恣，恣則多幻想歧思！翳槐之人，非有仇於槐也；奔陰而樂，患暑之心已息，思因歧焉，遂有咎槐之語。故處安樂而不忘憂患者，惟君子能之，於常人何責焉！」

## 273.驢乞食於馬

驢乞食於馬，馬曰：「吾得餘者，必以授子！使子能以夜來，吾將以包穀[301]食子！」驢曰：「吾晝不能乞君餘食，而夜來反得盛享，殆愚我耳！」

## 274.鴉坐羊背

鴉坐於羊背，羊甚弗欲，曰：「苟易吾背為狗背者，見噬矣！」鴉曰：「吾易[302]柔者而禮健者，禮健易柔，吾命所以得存者此耳！」

---

299 徂暑，大熱天趕路。徂，往。
300 匪果，不是果樹。匪，非，不。
301 包穀，一整袋穀子。
302 易，輕慢。

畏廬曰：「曲盡小人情態！」

## 275.狐怒棘刺

狐出入樊籬之隙，為老棘所刺，怒而數[303]之。棘曰：「爾惟無司視之官[304]，乃受吾刺！且善刺，吾性也，孰使爾近我者？何數為！」

畏廬曰：「小人之不可近，小人亦自知之！故人受欺於小人，而小人都無悔過之事者，正以自處於不藥之地，日售其害人之方，得人而甘之，方自侈其作用也。是又安能動之以天良，爭之以公理？」

## 276.驢賀馬

驢賀馬之常得食，且任人輕於任物[305]，羨不已。一日軍行，甲士執兵登騎，馬遂歿於戰場。驢憮然[306]悔其前賀之誤也。

畏廬曰：「前者之賀，惡勞也；後者之悔，貪生也。吾中國之民，惟有惡勞之心，故財政絀[307]於西人；有貪生之心，故兵政亦絀於西人。」

## 277.獅與象語

獅愬於天帝曰：「臣多力而文其外，且爪牙鋒銳，當者近靡，分足以王百獸；然臣勇如是，聞雞聲輒怯，何也？」帝曰：「余錫爾多藝，乃僅不得志於一雞，亦來愬乎？」獅聞，自憾其怯，欲圖死。且思且行，遇象於道，語良久，見象屢動其耳，怪問之，象曰：「飛蟲鑽吾

303數，音ㄕㄨˇ，責備。
304司視之官，指眼睛。
305任人輕於任物，意謂（馬）供人騎乘比（驢）負載貨物輕鬆。任，負載。
306憮然，驚愕、懊悔的樣子。
307絀，不如。

耳。見之乎？彼蟲一入吾耳，吾命立盡！」獅曰：「君巨物，尚畏飛蟲；然則吾之畏雞，足以自恕矣！」

畏廬曰：「周孝侯獅也，而司馬彤則雞耳；岳武穆象也，而秦檜則蟲耳。馬、秦之得志，而周、岳竟摧挫以死！千古英雄之屈於小人，不只周、岳二氏也。物理之不可測，祇能姑委之天意耳！」

## 278.犬呑糲房

犬牲嗜雞子，見糲房，以為卵也，吞之。已而胃痛，咤曰：「吾乃自娛！吾始以為圓者，皆卵類也，而忤吾胃如此！」

然則遇物不審其實，未有不觸險者矣。

畏廬曰：「擇交如擇食也！不擇而食，足忤吾胃；不擇而交，足敗吾名！」

## 279.二騾重載

二騾重載行遠，其一囊金錠於背，其一糗糒[308]也。載金之騾上道，揚鬣聳耳，鈴聲瑯瑯，意得甚；載糒者其行款款，意則閒暇。已而伏盜起於林莽，與騾人鬭，刃及載金之騾，奪金而去；載糒者不之及[309]。創騾大哭，載糒者曰：「吾向不見重於人，故亦不及於難！」

畏廬曰：「處亂世之名士，當師載糒之騾。」

## 280.羊趨入廟

狼逐羊，羊趨入廟；狼畏人弗敢入，呼羊出曰：「不行，且烹爾以祠神！」羊曰：「吾身祠神甘爾！烏能膏狼吻？」

---

308糗糒，乾糧。
309不之及，沒有受到波及、傷害。

## 281.引鶉入羅

羅鳥者得鶉[310]，鶉哀曰：「苟舍我，必引他鶉入羅，以報主人！」羅鳥者曰：「此吾之必殺爾也！爾賣友求生，罪安可逭！」

## 282.撲蚤

人愛臥，苦蚤，卒撲得之，曰：「爾嘬吾血，令褫吾衣！」蚤曰：「吾之苦君也，癢耳，罪胡及死？」人曰：「勿辯，爾必死矣！凡物之能禍人者，在律均當死！」

## 283.漸與臭習

富室與治革者毗[311]，惡其臭，令徙，革人遷延弗徙。久之，富人漸與臭習，亦不令徙也。

## 284.獅與牧人

獅野行而踐棘刺，絕痛，乃求出刺於牧人；牧人果為出之。已，牧人以冤獄論死，讞官[312]令投之獅穴，俾食之。適遇前獅，與牧人轉暱；讞官見之，遂赦牧人。

## 285.乞食於鑢[313]

蛇穴於匠氏之室，四嗅匠氏之械，既而乞食於鑢。鑢曰：「誤矣！吾之為用，但磨厲堅物而碎落之，何從得脆物飼汝？」

畏廬曰：「乞貸於艱難成業之家，必無分文之得。」

---

310鶉，partridge，或譯為鷓鴣、松雞。
311毗，音ㄆㄧˊ，鄰接。
312讞官，判決的法官。讞，音ㄧㄢˋ，評獄。
313鑢，銼刀，磋治骨角銅鐵之具。

## 286.駝思得角

駝見牡牛森其角，妬之，思亦得角以矜眾，籲之天帝。帝不悅曰：「爾軀幹既偉，而又多力，胡需角？」遂命於駝授生時，不予角，且小其耳。

## 287.豹入陷中

豹入陷，牧者見之，或投以石，或投以杖，或有私予以食者。迨夜牧歸，以為豹死矣。豹於陷中得食，氣力遂增，躍出。他日，徑造牧所，食牧者之羊，並殺其就陷投食者。於是與豹食者咸懼，請盡以羊羣歸豹。豹曰：「勿爾！誰恩我者，誰仇我者，我均能辨之；君食我者，何懼？」

畏廬曰：「拯兇人者，或私收其報，然一路哭矣！闖獻[314]之縱橫，竟覆明社，均主撫者養成也。故處兇人，宜殺之務盡。」

## 288.鷹鸇同坐

鷹苦思而栖於大樹之上，一雌鸇與同坐，問曰：「君何思之深？」鷹曰：「吾欲得偶，而難其配。」鸇曰：「曷偶我？我之力猛於君也！」鷹曰：「汝焉覓食？」鸇曰：「吾力能撲駝鳥[315]而死之！」鷹心動，聘[316]之。既成婚，鷹促之取駝鳥，鸇諾而高飛；既歸，乃出死鼠。鷹曰：「君嚮許我者僅此矣？」鸇曰：「吾嚮思從君，故詡其不能者為能！」

畏廬曰：「小人進身，不自詡其才，安能動人之聽、尸

314闖獻，指明末闖王張獻忠。
315駝鳥，亦作鴕鳥。
316聘，娶妻。

人之祿？」

### 289.鷹酬飼者

鷹見執於人，翦其羽毛，侶之雞騖之羣，鷹大戚。尋有人取而飼之，鷹羽既修，遂颺，他日搏野兔酬飼者。狐諫曰：「是當先報翦君羽毛者，平其機心，乃不復執君矣！」

畏廬曰：「韓信報漂母，而不仇淮陰之少年，恩仇得其正矣！若此狐之言，以德報怨，是過正之語，又焉可憑？天下有機心者，終其身皆機也，區區一酬，謂能平耶？吾恐得酬之後，其機轉深；且用機而獲酬，人孰不樂為之者？」

### 290.棘笞壁獅

國王臨御久，僅有一儲，而王甚好武，一夜夢人語王，王嗣將為獅有。王恐其兆之應，遂營別宮，禁其儲嗣，圖四壁為禽獸狀，中有一獅，王子見之，詈曰：「吾君惟夢汝，故以離宮囚我，如處子焉；今將不赦汝矣！」以棘條笞壁獅；棘誤刺其指，絕痛，因而病熱死。彼王子也，能守困而不知圖脫者，或[317]能免乎？

畏廬曰：「信妖祥者，必死於妖祥！非天下果有妖祥之事，由乎既信，則必備[318]之，且多方拘矯以備之，不堪其拘，不堪其矯，則疾癘生焉，反闐焉以為妖祥之事果驗，復盛飾其影響者以實之。西國未文明以前，猶復不免，矧在守舊者！」

---

[317] 或，疑為「禍」字之誤。
[318] 備，預防，防備。

### 291.牝貓化人

牝貓忽思近人，愛一年少，乃請於太白之星[319]，幻為女郎，星精許之。牝貓既化為人，與年少同居，太白之星念貓質既變，而心或不變，復幻一鼠試之；貓女躍起而逐鼠。星精怒，令復為貓。

畏廬曰：「嗜食者見酒肉必涎，嗜博者遇樗蒱[320]必弄手！手口既與物習，中心若促之而發者。故矯飾之小人，不必再試，而醜態當立見！」

### 292.鷹與蠼蟈[321]

鷹與蠼蟈為仇，互毀其巢。鷹怒，盡啄殺蠼蟈子；蠼蟈潛尾[322]鷹，直至於天帝之居。帝命鷹巢於上帝之帶下，於是育卵帝衣。蠼蟈鳴帝前，帝起撲蠼蟈，鷹卵亦墜落無完。

故得罪細人者，終必以術復其仇。

### 293.牝羊求髭

牝羊籲天求髭，帝許之；羖羊怒，復帝曰：「彼牝爾，何髭為？」帝曰：「此虛錫耳！牝雖髭，而勇力安能過汝？」

故人之實不及我者，雖外有其表，無害也。

### 294.擊蠅傷首

蠅集於鬜[323]者之頭，鬜者猛擊其首，不能死蠅；蠅笑曰：「爾謀死我，乃反傷其首！」鬜者曰：「吾頭不仇我也，汝么蟲以嘬人為職，吾

---

319 太白之星，Venus，金星，太白星。音譯為維納斯，羅馬神話中司愛和美的女神。
320 樗蒱，亦作「樗蒲」，古代博戲，擲五木觀其彩色以賭勝負，略如今之擲骰子。樗，音ㄕㄨ。
321 蠼蟈，beetle，或譯為甲蟲。
322 尾，尾隨。
323 鬜，音ㄑㄧㄢ，鬢禿。

死汝決矣；雖重創，豈吾所恤！」

畏廬曰：「天下有小憤甚於大仇者，由窮人以莫報之術，激人以不勝之怒，雖戕身無惜，實則毋須憤也。竊發陰掠之盜，常閒暇以應之，即兵法所謂以逸待勞也。處難治之小人亦然，一經動火，必累無辜，不可不慎。」

## 295.碎舟詈海

人碎舟於海，為浪所湧，臥於岸次。既醒，面海詈曰：「爾故為平衍[324]以誘人，既渡則舉舟而盡覆之！」言次，海神幻為婦人告曰：「爾勿仇我，當仇風！余性平謐，猶之大陸，風不我甯也！」

## 296.真假豚嗥

貴人以巨資為大劇場，入觀者不受值，且列榜衢術之上，謂能以新劇進者，當與厚賞。一人自承能為奇劇，貴人命之登場，邦人聞有國工，大集。其人孑身而上，眾讙皆息，萬目羣注。其人但以首俯胸為豚嗥，觀者以為必納豚於衣底，爭褫而觀之，竟無有，於是眾人咸神其口技。有村人在座，忽欲自炫其術，與國工競。明日，觀者益眾，蓋為國工來，亦欲指村人之醜而斥之。時國工與村人同出，國工先為豚嗥，次及村人。村人囊小豬於胸，私掐豬耳令嗚，觀者終以國工為善，譁斥村人弗肖而逐之。村人勢窮，竟自出其豚，示眾曰：「吾嗚乃真豬耳！爾輩識力，乃以偽為真，轉以真為偽！」

畏廬曰：「既名曰劇，宗旨固以偽為真！國工之為豚嗥而善，此偽之極，即真之極也；若懷豬而來，豬固真者，而懷之以愚人，則大偽矣！天下精神心思好尚所向之地，即為此地之公例；反其例者，雖自承為真，而人

---

324平衍，平坦廣闊。

亦必以偽斥之。故村人之豬，真豬也，而入觀劇之耳目，轉成為偽，正以劇場之公例，事事主偽，而不主真。果以真來，亦必不以真許之。故欲通中西之情，亦必先解歐西之公例，而後交涉始不至於鈎棘[325]。矧今日之勢，全球均入於公法，而吾華獨否，人安有不羣噪以攻我，聯盟以排我者？余謂欲變法，先變例；例合則中西水乳矣。此救亡之道也！若摘[326]為不經之談，與儒術叛，則余不敢置喙矣！」

## 297.獵者授兔

獵者獲兔，肩而歸，遇騎者於路，將取之，故與論價。獵者授兔，騎者飛馳而逝；獵者逐之，意其必及，而騎馳絕迅。獵者號曰：「君遲我行，吾饋君兔也！」

畏廬曰：「人到窘迫時，往往出劣語。」

## 298.青果樹與無花果樹

青果之樹，調[327]無花果之樹，自以青果竟年[328]青，而無花果遇秋則葉變。已而大雪，青果葉多，雪集而葉落；無花果樹餘空枝焉，雪觸即墜，雪霽而無花果之樹仍無恙。

畏廬曰：「安分者少禍。」

---

325 鈎棘，糾纏不清。
326 摘，指責。
327 調，嘲笑。
328 竟年，終年，一整年。

## 299.日威涸澤

日精[329]忽欲得偶，田蛙聞而大鳴，天帝怪之。蛙曰：「日鰥不婚，已足以枯泥澤之水，今涸矣；若更婚而生子，子日四麗，吾屬無類矣！」

畏廬曰：「為政者專尚威烈，足寒無辜者之心。」

## 300.銅匠飼狗

銅匠飼狗，甚愛之，日以為伴。方治銅時，狗睡其側，迨食而狗醒，時搖其尾。一日，主人佯怒，以鞭示之，曰：「爾太惰！吾冶工時，爾睡，當食則來。爾亦知人生能工作者，方有佳趣耶？」

畏廬曰：「末一語，足以起中國人之懦。」

《伊索寓言》終

---

329 日精，Apollo，阿波羅神，希臘和羅馬神話中司日光、醫療、音樂、詩、男性美等的神。

# 附　錄

## 一、明末清初伊索寓言傳華大事記

| 西元 | 中國紀年 | 相關大事 |
|---|---|---|
| 1581 | 明神宗萬曆八年 | 義大利天主教耶穌會傳教士利瑪竇來華。 |
| 1599 | 明神宗萬曆二十七年 | 西班牙耶穌會傳教士龐迪我來華。 |
| 1605 | 明神宗萬曆三十三年 | 義大利耶穌會傳教士高一志來華。 |
| 1608 | 明神宗萬曆三十六年 | 利瑪竇《畸人十篇》出版於北京。該書首次提到阨所伯（伊索）軼事，譯介四則《伊索寓言》，及其他西方歷史、傳說。 |
| 1610 | 明神宗萬曆三十八年 | 利瑪竇卒於北京。<br>法蘭西（比利時）耶穌會傳教士金尼閣來華。<br>義大利耶穌會傳教士艾儒略來華。 |
| 1612 | 明神宗萬曆四十年 | 金尼閣返歐洲。 |
| 1614 | 明神宗萬曆四十二年 | 龐迪我《七克》出版於北京。該書首先以「寓言」稱所譯介之伊索故事。 |
| 1616 | 明神宗萬曆四十四年 | 發生「南京教案」，龐迪我、高一志等被遣至澳門。 |
| 1618 | 明神宗萬曆四十六年 | 龐迪我卒於澳門。 |
| 1619 | 明神宗萬曆四十七年 | 金尼閣再度來華。 |
| 1620 | 明光宗泰昌元年 | 高一志《童幼教育》出版。該書譯介三則《伊索寓言》。 |
| 1624 | 明熹宗天啓四年 | 高一志重入中國。 |
| 1625 | 明熹宗天啓五年 | 金尼閣與張賡合譯《況義》出版於西安。該書選譯《伊索寓言》二十二則。 |
| 1626 | 明熹宗天啓六年 | 高一志《則聖十篇》刻於福州。該書引用兩則《伊索寓言》。 |
| 1628 | 明思宗崇禎元年 | 金尼閣卒於杭州。 |

| 西元 | 中國紀年 | 相關大事 |
|---|---|---|
| 1635 | 明思宗崇禎八年 | 是年前後，高一志《譬學警語》出版。該書引用三則《伊索寓言》。 |
| 1640 | 明思宗崇禎十三年 | 高一志卒於絳州。 |
| 1643 | 明思宗崇禎十六年 | 匈牙利傳教士衛匡國來華。 |
| 1645 | 清世祖順治二年 | 艾儒略《五十言餘》刻於福建。該書譯介三則《伊索寓言》。 |
| 1649 | 清世祖順治六年 | 艾儒略卒於福建延平。 |
| 1651 | 清世祖順治八年 | 衛匡國返歐洲。 |
| 1658 | 清世祖順治十五年 | 衛匡國再度來華。 |
| 1661 | 清世祖順治十八年 | 衛匡國《逑友篇》出版。該書譯介三則《伊索寓言》。<br>衛匡國卒於杭州。 |

# 二、清嘉慶至光緒伊索寓言傳華大事記

| 西元 | 中國紀年 | 相關大事 |
|---|---|---|
| 1815 | 清仁宗嘉慶二十年 | 英人米憐（筆名「博愛者」）在麻六甲創辦中文月刊《察世俗每月統記傳》。 |
| 1819 | 清仁宗嘉慶二十四年 | 米憐開始在《察世俗每月統記傳》引述西方及印度寓言、比喻，來撰寫宣傳教義的文章，包括〈貪肉之犬〉、〈負恩之蛇〉、〈蛤蟆吹牛〉等。 |
| 1821 | 清宣宗道光元年 | 《察世俗每月統記傳》載〈羊過橋之比如〉、〈求世樂之害〉等寓言。 |
| 1822 | 清宣宗道光二年 | 六月，米憐去世，《察世俗每月統記傳》停刊。 |
| 1823 | 清宣宗道光三年 | 米憐助手麥都思（筆名「尚德者」）在巴達維亞（今雅加達）創辦中文月刊《特選撮要每月紀傳》，其中亦偶引用寓言。 |
| 1833 | 清宣宗道光十三年 | 德國傳教士郭實獵（筆名「愛漢者」）在廣州創辦中文月刊《東西洋考每月統記傳》。 |

| 西元 | 中國紀年 | 相關大事 |
| --- | --- | --- |
| 1838 | 清宣宗道光十八年 | 《東西洋考每月統記傳》九月號刊布《意拾祕比喻》「翻語譯華言，已撰二卷」之訊息，並抄錄其中四則。 |
| 1840 | 清宣宗道光二十年 | 英人湯姆、華人蒙昧合譯《意拾喻言》三卷出版，共八十二則。 |
| 1843 | 清宣宗道光二十三年 | 英人戴爾、斯敦力將《意拾喻言》轉譯為漳州方言。 |
| 1850 | 清宣宗道光三十年 | 上海施醫院重刻《伊娑菩喻言》七十三則。 |
| 1853 | 清文宗咸豐三年 | 麥都思在香港創辦中文月刊《遐邇貫珍》，由1853年8月至1854年12月，每期轉載《伊娑菩喻言》一則。 |
| 1875 | 清德宗光緒元年 | 德國駐華翻譯官阿恩德編《通俗歐洲述古新編》，編譯《伊索寓言》七則。 |
| 1877 | 清德宗光緒三年 | 林樂知等主編上海《萬國公報》，每期連載《意拾喻言》數則。 |
| 1888 | 清德宗光緒十四年 | 張赤山輯《海國妙喻》七十則，由天津時報館印行。 |
| 1897 | 清德宗光緒二十三年 | 北京《尚賢堂月報》刊載「鐵鍋寓言」等。 |
| 1898 | 清德宗光緒二十四年 | 梅侶女史改寫《海國妙喻》為白話演義體二十五則，原載《無錫白話報》，後由上海商務印書館印行。 |
| 1902 | 清德宗光緒二十八年 | 林紓、嚴璩、嚴培南合譯《伊索寓言》三百則，由上海商務印書館印行。 |
| 1903 | 清德宗光緒二十九年 | 香港文裕堂重印《伊娑菩喻言》。 |
| 1904 | 清德宗光緒三十年 | 清朝學部審定「國語教科書」，商務、世界、開明等版本，皆大量採用《伊索寓言》為教材。 |

Note

國家圖書館出版品預行編目資料

清代伊索寓言漢譯三種／顏瑞芳編著. ——初版. ——臺北市：五南, 2011.03

面； 公分

含參考書目

ISBN 978-957-11-6209-6（平裝）

871.36 100001064

1X7C

# 清代伊索寓言漢譯三種

編　　著 — 顏瑞芳(406.3)

發 行 人 — 楊榮川

總 編 輯 — 龐君豪

主　　編 — 黃惠娟

責任編輯 — 胡天如　李美貞

出 版 者 — 五南圖書出版股份有限公司

地　　址：106台北市大安區和平東路二段339號4樓

電　　話：(02)2705-5066　傳　　真：(02)2706-6100

網　　址：http://www.wunan.com.tw

電子郵件：wunan@wunan.com.tw

劃撥帳號：01068953

戶　　名：五南圖書出版股份有限公司

台中市駐區辦公室/台中市中區中山路6號

電　　話：(04)2223-0891　傳　　真：(04)2223-3549

高雄市駐區辦公室/高雄市新興區中山一路290號

電　　話：(07)2358-702　傳　　真：(07)2350-236

法律顧問　元貞聯合法律事務所　張澤平律師

出版日期　2011年3月初版一刷

定　　價　新臺幣260元

凝煉知識品味閱讀